www.tredition.de

AF204277

Manfred Strässer

War es das alles wert?

Ein bewegtes Leben im Rückblick

www.tredition.de

© 2021 Manfred Strässer
Lektorat: Susanne Hülsenbeck

Verlag und Druck:
tredition GmbH, Halenreie 40-44, 22359 Hamburg

ISBN
Paperback: 978-3-347-27987-2
Hardcover: 978-3-347-27988-9
e-Book: 978-3-347-27989-6

Die Idee, meine Memoiren aufzuschreiben, kam nicht von mir, darauf wurde ich von einem Gast in Euronat, dem Ferienparadies an der französischen Atlantikküste, aufmerksam gemacht.

Bei einer Hausbesichtigung kamen wir ins Gespräch und ich erzählte ihm oberflächlich von meinem Leben, denn er wollte wissen, wie es zu meiner Berufstätigkeit bei Euronat gekommen war. Seine Worte waren, ich höre sie noch heute: „Junger Mann, das, was Sie erlebt haben, dieses Auf und Ab, müssen Sie unbedingt festhalten."

War es das alles wert? Jetzt, mit 83 Jahren, stelle ich mir diese Frage öfter. Verstehen lässt sich rückwärts, leben muss man vorwärts, so sagt man. Das ist leichter gesagt als getan.

Das Jahr 1938 war das Schicksalsjahr für Deutschland. Hitler wurde Oberbefehlshaber und somit der Alleinherrscher Deutschlands. Deutsche Truppen marschierten in Österreich ein. Das Münchner Abkommen sollte den Krieg verhindern, war jedoch nur eine Augenwischerei und das Papier nicht wert, auf dem es geschrieben stand.

Sudetendeutsche kamen wieder ins Reich zurück, die Judenverfolgung war mit der Reichskristallnacht in vollem Gange. Im Boxkampf schlug Joe Louis nach zwei Minuten in der ersten Runde unseren Max Schmeling k. o.

Der einzige Lichtblick in diesem Jahr war die Geburt von mir – Manfred Strässer – in Göppingen.

Gott sei Dank wurde ich nicht Adolf getauft.

Mein Vater Ernst war zu dieser Zeit Polizeibeamter in Göppingen. Meine Mutter Erika kam aus Möckmühl im Kreis Heilbronn aus einem wohlbehüteten Elternhaus.

Durch die berufliche Tätigkeit meines Vaters mussten wir oft umziehen. Wir wohnten in Göppingen, Künzelsau, Markelsheim bei Bad Mergentheim, Besigheim und bei Kriegsende in Winnenden, dem Geburtsort meines Vaters und Wohnort meines Großvaters, auch ein ehemaliger Polizist.

In Besigheim erlebte ich 1944 einen Bombenangriff auf den Bahnhof. Als der Bombenhagel niederging, befand ich mich mit meiner Mutter und meinem Bruder Klaus in einem Luftschutzkeller. Mein Vater war Gott sei Dank nicht dabei, denn so konnte er mit anderen Männern den Eingang zum Luftschutzkeller freischaufeln und uns herausholen.

Von dem Haus, in dem wir und andere wohnten, war nur noch der Keller übrig. Das Bahnhofsgebäude und die ganze Straße brannten. Wie uns später geschildert wurde, fielen erst Phosphor und dann Brandbomben.

Unsere zwei Schäferhunde, die neben unserem Wohnhaus in einem Zwinger untergebracht waren, waren nicht mehr da. Anscheinend, wie mein Vater uns erzählte, wurden sie freigelassen. Ich habe sie nie mehr gesehen.

Da wir nun keine Unterkunft mehr hatten, zogen wir ins elterliche Haus meines Vaters nach Winnenden.

Meine früheste Kindeserinnerung spielt in Markelsheim. Mein 4 Jahre älterer Bruder Klaus und ich unternahmen eine Schlittenfahrt. Klaus saß hinten, ich vorne. Wir fuhren einen leicht abfallenden Weg hinunter, als uns ein Fuhrwerk mit zwei Pferden entgegenkam. Klaus hatte sofort die Gefahr erkannt und sprang vom Schlitten. Ich fuhr weiter und landete direkt zwischen dem Pferdegespann. Die Pferde blieben ganz ruhig stehen, wahrscheinlich erging es ihnen wie mir: Ich war vor Schreck erstarrt. Der Bauer zog mich zwischen den Pferden heraus, mir war nichts passiert. Ich glaube, damals wurde mein Schutzengel geboren.

1945 kam mein Vater in Gefangenschaft und meine Mutter zog mit mir und meinen drei Geschwistern Klaus, Heide und Christel zu ihren Eltern nach Möckmühl. Meine Großeltern hatten dort ein Textilgeschäft. Hier verbrachte ich dann meine Kindheit und Schulzeit. 1946 kam mein Vater aus der Gefangenschaft zurück – die Familie war wieder beisammen. Bei meinen Großeltern ging es uns sehr gut. Wir hatten sogar ein Hausmädchen, das uns sehr verwöhnte.

Da mein Vater sehr streng erzogen worden war, verlangte er auch von uns Kindern viel – wir hatten es nicht leicht. Für mich gab es oft Hiebe und Wochenendarrest, da ich in der Schule nicht die Leistungen erbrachte, die er von mir erwartete. Zudem meinten die Lehrer, mit denen mein Vater ein sehr gutes Verhältnis hatte, dass ich nicht dumm, sondern nur faul sei.

Zu jener Zeit durften die Lehrer die Kinder noch schlagen. Bei uns gab es dann immer „Tatzen": Es wurde mit einem Stock oder Lineal auf die Hände geschlagen. Wenn die Hände schon dick waren, schlugen sie auf den Hintern. Wir hatten herausgefunden, dass die Hände schneller dick wurden, rieb man die Hände mit Zitronensaft ein, und die Lehrer ließen von den Händen ab. Die Schläge auf den Hintern taten nicht ganz so weh. Meine Hände und mein Hintern scheinen besonders beliebt gewesen zu sein.

Beschwerte ich mich zuhause über die Schläge, gab es von meinem Vater, der sehr große Hände hatte, gleich noch eine Ohrfeige. Daher sagte ich lieber nichts.

Bei jedem Blödsinn, der in der Klasse gemacht wurde, waren mein Schulfreund Fritz und ich immer dabei. Noch heute erzählen die Klassenkameraden von unseren „Taten".

Klavierunterricht hatte ich auf Wunsch meiner Eltern auch. Nach vielen Unterrichtsstunden, die ja nicht kostenlos waren, meinte mein Klavierlehrer, ich solle damit aufhören, bevor ich ihn zum Selbstmord treibe. Somit überließ ich das Klavierspielen meiner Mutter, die sehr gut spielen konnte.

Klavier spielen konnte ich also nicht, doch mit 11 Jahren lernte ich, zum Schrecken meiner Mutter, das Autofahren. Mein Vater, der nach seiner Gefangenschaft eine Fahrschule gegründet hatte, war von meinen wilden Fahrkünsten auch nicht begeistert, obwohl er mir das Fahren beigebracht hatte. Oft fanden sich Beulen am Auto und an mir.

Als ich 14 Jahre alt war, starb mein Vater während der Ausübung seines Berufes als Fahrlehrer. Seine Fahrschüler, die auf ihn warteten, mein Schwiegervater war zufällig auch darunter, mussten mit ansehen, wie er auf dem Weg zum Übungsgelände verunglückte. Infolge eines Schwächeanfalls verlor er die Kontrolle über sein Motorrad und fuhr direkt auf einen Baum. Das Motorrad prallte zurück und fiel auf ihn drauf.

Er hat den Unfall nicht überlebt.

Der Schwächeanfall war eigentlich vorauszusehen, denn mein Vater arbeitete 14 - 16 Stunden am Tag, Samstag und Sonntag gab es für ihn nicht. Sein Slogan war: Willst du zu etwas kommen, musst du auch etwas leisten. Immer wieder musste ich mir anhören: „Habe nie Angst vor dem Schmutz, mit Wasser und Seife wird alles wieder sauber. Wichtig ist der Erfolg. Das mit den gebratenen Tauben ist ein Märchen."

Leider konnte er seine vorausschauenden Ideen nicht verwirklichen: Seine Idee war, und er war im Begriff gewesen, sie umzusetzen, einen Reisebus zu kaufen – der Omnibus war schon bei der Firma Drögmöller bestellt – und ein Tourismus-Unternehmen zu gründen, denn ihm war klar, dass die Menschen nach dem Krieg reisen wollten, und wenn nur in die nächstgrößere Stadt.

Durch seinen plötzlichen Tod kam alles anders. Meine Mutter stellte einen Fahrlehrer ein und führte die Fahrschule weiter. Für uns Kinder hatte sie daher nicht viel Zeit und so nahm ich alle Möglichkeiten wahr, mich negativ zu entwickeln.

Nach der Volksschule lernte ich in einer Autowerkstatt in Heilbronn Kfz-Mechaniker. Jeden Morgen musste ich um 7.00 Uhr mit dem Zug nach Heilbronn fahren und kam abends um 18.30 Uhr erst wieder nach Hause. Die Lehrjahre waren zu jener Zeit wirklich keine Herrenjahre! Nach der Lehre arbeitete ich noch zwei Jahre als Geselle in diesem Betrieb.

Im Jahre 1956 hatte ich die Wahl: Es war Pflicht, Dienst zu tun – entweder beim Grenzschutz, der Polizei oder bei der Bundeswehr oder zu verweigern. Verweigern kam für mich absolut nicht in Frage, denn ich hielt es für meine Pflicht, meiner staatsbürgerlichen Verantwortung nachzukommen. Dies hat jeder selbst für sich zu entscheiden, viele Bekannte versuchten mit allen Tricks, sich vor der Einberufung zu drücken.

Da meine Vorfahren alle bei der Polizei Dienst getan hatten, war für mich klar, dass auch ich diesen Weg einschlagen würde. Diese Entscheidung habe ich auch noch nie bereut. Die Aufnahmeprüfung war hart: ein 1000-Meter-Lauf in einer Zeit, die normal nur von Sportlern erfüllt werden konnte. Mein Glück war, dass bei meinem nicht sportlichen Start die Stoppuhr ihren Geist aufgab. Bewerber zum Polizeidienst gab es genügend, von 10 wurden nur drei eingestellt. Ich hatte Glück.

Die Zeit bei der Polizeischule in Göppingen war jedoch kein Honigschlecken. Ich, als verwöhntes Muttersöhnchen, musste auf einmal gehorchen und das machen, was von mir verlangt wurde. Oft musste ich, wenn die anderen Pause hatten, extra den Berg hinaufrobben. Wenn zuvor die Schafe auf dieser Weide gegrast hatten, war dies besonders schön. Nach einer gewissen Eingewöhnungszeit war ich ganz zufrieden, dass ich den Weg der Polizeilaufbahn eingeschlagen habe.

Die Bezahlung der Polizeischüler war minimal. Da ich jedoch in Stuttgart einen großen Bekanntenkreis hatte – hauptsächlich in der Autobranche –, war es mir möglich, günstige Gebrauchtwagen zu vermitteln, auch an Vorgesetzte (natürlich völlig selbstlos). So konnte ich damals einen Mercedes 220 S fahren, mein Hauptkommissar fuhr einen Opel-Kadett.

Das Auto war auf meine Mutter zugelassen, die inzwischen die Fahrschule verkauft hatte und in Stuttgart wohnte. Dass ich als Polizeischüler so ein großes Auto fuhr, gefiel meinen Vorgesetzten natürlich nicht. Ich musste es daher immer so parken, dass es keinem der Vorgesetzten auffiel.

Mein „Nebenverdienst" und das Auto verschafften mir viele Freunde. Meine wahren Freunde jedoch lernte ich erst kennen, als ich durch einen tragischen Sportunfall für längere Zeit ins Krankenhaus musste.

Ich war in der Boxmannschaft der Bereitschaftspolizei eingegliedert und auch erfolgreich. In der Mannschaft war auch ein deutscher Schwergewichtsmeister, der später wegen einer Schlägerei seinen Dienst quittieren musste.

Bei einem Boxkampf erlitt ich schwere innere Verletzungen und habe lange Zeit im Krankenhaus verbracht. Hatte ich vorher 10 - 20 „Freunde", besuchten mich jetzt nur wenige Kameraden, und zwar zwei, mit denen ich nie gerechnet hatte. Einer davon war der Bruder von unserem Bischof Fürst. Rudi war jahrelang mein Zimmerkollege. Wie sagte schon Adenauer: „Erfahrungen sind wie Samenkörner, aus denen die Klugheit wächst."

In den letzten sechs Monaten bei der Polizei wurde ich im Polizeirevier als Sanitäter ausgebildet. Dies war zwar sehr lehrreich, doch ich konnte mir nicht vorstellen, dort zu bleiben. Ich wollte ja in den Einzeldienst und nicht als Krankenpfleger arbeiten, wenn es auch ein schöner, interessanter Beruf war, anderen zu helfen. Es war aber nicht mein Ding. Da ich nicht mehr im Außendienst tätig sein konnte, quittierte ich nach 4 Jahren meinen Dienst bei der Polizei.

Während meiner Zeit bei der Polizei lernte ich in Stuttgart auf einem Parkplatz einen Mann kennen, dessen Aufgabe es war, Leute für den Abschluss einer Rechtsschutz-Versicherung zu werben. Dieser Mann, Georg Samp, war für mein späteres Leben ausschlaggebend.

Ich traf ihn zufällig wieder. Als er erfuhr, dass ich nicht mehr im Polizeidienst war, lud er mich zu einem Informationsgespräch für eine eventuelle neue Stelle in die Zentrale nach Stuttgart ein.

Ich hörte mir das alles an – die Tätigkeit wurde natürlich gut verkauft und das Wissen über Gesetze bei einem Rechtsstreit waren mir ja in Göppingen beigebracht worden. Der Verdienst und die Vermittlungsprovision waren für meine Verhältnisse riesig und verlockend und so nahm ich als freier Mitarbeiter meine Arbeit dort auf.

Jeden Tag sprach ich, begleitet von Herrn Samp, Leute auf den Parkplätzen an, von morgens um 10.00 Uhr bis abends. Wider Erwarten machte ich gute Abschlüsse und verdiente somit auch gutes Geld. Unser Revier verlief bis in den Schwarzwald und ich war von unserem Rechtsschutz-Angebot total überzeugt. Somit konnte ich alles auch gut verkaufen, beispielsweise, dass jeder Autofahrer unseren Rechtsschutz benötigt, denn ein Rechtsstreit kann sehr teuer werden.

Herr Samp war ein guter Lehrmeister. Er konnte die Menschen so beeinflussen, dass sie den Rechtsschutz für lebensnotwendig hielten, ohne aufdringlich zu werden.

Unsere Umsätze beförderten Herrn Samp zum Direktor in Stuttgart. Somit tingelte ich alleine von Parkplatz zu Parkplatz und wohnte bei meiner Mutter in Stuttgart.

Mein Bruder Klaus hatte inzwischen das Geschäft meiner Mutter ausgeweitet, sich einen Omnibus gekauft und bat mich händeringend, bei ihm als Omnibusfahrer und KFZ-Mechaniker anzufangen, denn von Technik hatte er keine Ahnung. Um bei meinem Bruder zu arbeiten, benötigte ich jedoch den Omnibus-Führerschein.

Voraussetzung dafür war zu jener Zeit eine zweijährige Fahrpraxis mit dem Führerschein Klasse 2. Für mich war das kein Problem. Ich meldete mich bei unserem ehemaligen Fahrlehrer an. Zwei Fahrstunden genügten mir und auch die theoretischen Fragen waren mir noch von der Polizeischule bekannt. Die Prüfung fand in Heilbronn statt. Wie sich später herausstellte, hatte der Prüfer mit der Familie Strässer noch eine Rechnung offen. Mein Fahrlehrer und ich wunderten uns, warum sich die Prüfung so lange hinzog. Ich hatte das Gefühl, der Prüfer wartete auf einen Grund, mich durchfallen zu lassen. Er jagte mich mit dem Prüf-Omnibus kreuz und quer durch Heilbronn und stellte dazwischen immer wieder Fangfragen an mich.

Als mein Fahrlehrer ihn nach der Prüfung auf sein Verhalten ansprach, gestand der Prüfer, dass mein Vater ihn bei seiner Prüfung für die Klasse 3 aus dem Auto geworfen hatte. Dies war ihm wieder eingefallen, als er mich, den Junior, in den Fingern hatte. Trotzdem finde ich es stark, dass er dies nach der Prüfungsfahrt dem Fahrlehrer beichtete.

Jetzt hatte ich den Führerschein Klasse 2 und musste mir für die notwendige Fahrpraxis nur noch eine Arbeitsstelle als LKW-Fahrer suchen. Das war einfach, denn ich hatte ja genug Bekannte in Göppingen. Also kündigte ich meine Tätigkeit bei der Versicherung, um bei einer Spedition die notwendige Praxis für den LKW-Führerschein zu erlangen.

Die erste Arbeitsstelle war bei einer Spedition, die nur im Kreis Göppingen tätig war. Ich musste nicht nur fahren, sondern auch die Ware beim Empfänger abladen und vor Ort bringen, also Möbel und schwere Kohlensäcke schleppen, manchmal bis in den fünften Stock hoch.

Nach Wochen spürte ich vor lauter Schmerzen meinen Rücken nicht mehr und ich wechselte daher zu einer großen Spedition, die hauptsächlich vom Fernverkehr lebte. Meine Strecke führte mich meistens nach Hamburg oder ins Rheinland. Beim Verladen der Ladung musste ich natürlich mithelfen.

Oft kam es vor, dass ich mit einem großen LKW mit Anhänger allein auf die Reise geschickt wurde. Jeden Sonntag musste ich um 22.00 Uhr auf den „Bock" und Feierabend war immer erst am darauffolgenden Samstagmittag, nachdem der LKW gewaschen war. Ich fuhr keinen Tag länger, als ich musste.

Im März 1963 heiratete ich in Göppingen meine erste Frau, die ich durch einen Freund kennengelernt hatte. Am 14. Oktober 1963 wurde unsere Tochter Anette geboren, die jetzt in der Nähe von Bad Reichenhall wohnt. Meine Frau fühlte sich jedoch in der Kleinstadt Möckmühl nicht wohl, in die ich zurückkehrte – unsere Scheidung wurde 1965 vollzogen.

1964 kam ich also wieder nach Möckmühl und arbeitete bei meinem Bruder Klaus. Das Omnibus-Geschäft war hart, wir hatten keine Garage, keine Hebebühne, und alle Reparaturen, die ich durchführte, fanden im Freien auf einem Parkplatz statt. Alles musste improvisiert werden und das bei Wind und Wetter, Regen und Schnee.

Das Omnibus-Geschäft ging langsam, aber stetig aufwärts. „Strässer-Reisen" wurden mit der Zeit im Kreis Heilbronn und Umgebung ein Begriff. Für mich gab es nur eines: fahren, fahren, fahren.

Wie oft habe ich die Hallo-wach-Tabletten geschluckt!

Die Fahrzeugkontrollen waren zu jener Zeit ganz selten und bei Unternehmern wurde oft ein Auge zugedrückt. Der Erfolg zeigte sich daran, dass ein Bus nach dem anderen angeschafft werden konnte. Es lief so, wie sich das mein Vater das einmal vorgestellt hatte.

Die große Wende kam im Herbst 1968. Vor lauter Rückenschmerzen konnte ich kaum noch laufen. Das viele Fahren, kein freier Samstag und Sonntag und das Montieren im Freien hinterließen Spuren und zudem hatte ich oft noch Streit mit meinem Bruder.

Zu diesem Zeitpunkt tauchte wieder Herr Samp, genannt Schorsch, bei mir auf und bat mich, doch wieder nebenberuflich für ihn zu arbeiten. Er versprach mir eine gute Provision und meinte, dass ich die Materie aus dem Effeff kennen würde. Gesagt, getan.

Durch meinen großen Bekanntenkreis und auch durch das Busfahren konnte ich gute Verkaufsumsätze vorzeigen. Der Verdienst durch meine nebenberufliche Tätigkeit war nicht viel geringer als durch mein Hauptgeschäft, das Busfahren. Zudem war es viel einfacher. So kündigte ich den Job bei meinem Bruder und nahm am 1. Mai 1969 die Arbeit bei der Versicherung als mein Hauptgeschäft auf.

Rückblickend auf meine Omnibustätigkeit muss ich gestehen: Es war sehr schön, ich habe dadurch Städte und Länder kennengelernt und bin vielen interessanten Menschen begegnet. Drei Fahrten sind mir aus dieser Zeit besonders im Gedächtnis geblieben, die ich nie vergessen werde:

Die wichtigste Fahrt in meinem Leben war 1968 nach Berlin, denn bei dieser Fahrt lernte ich meine heutige Frau näher kennen. Gekannt hatten wir uns schon vorher, nur konnte ich nie bei ihr landen.

Als ich sie im Sommer 1967 bei einer Schwimmbadeinweihung in Adelsheim zum ersten Mal sah, war ich gleich von ihr angetan. Sie kam frisch aus dem Urlaub, war braun gebrannt und saß bei ihrem Bruder und dessen Freundin, die jetzt seine Frau ist. Ich versuchte, wie man so schön sagt, sie „anzubaggern", doch sie ließ mich links liegen – angeblich hatte ihr Bruder sie vor mir gewarnt. Da ich schon immer ein guter Tänzer war, versuchte ich mein Glück mit Tanzen.

Zur späten Stunde lud ich sie für den nächsten Tag zum Tanztee ein. Sie sagte zu, doch sie wollte einen Bekannten mitbringen.

Am nächsten Tag holte ich sie und ihren Bekannten mit einem dicken Mercedes ab. Zu jener Zeit glaubte ich, der Bekannte sei ihr Freund, doch es stellte sich heraus, dass er nur als Anstandswauwau mitgenommen worden war. Er hat es sich natürlich auf meine Kosten gut gehen lassen.

Nach diesem Nachmittag, der sehr schön war, hatten wir wenig Kontakt. Ich sah sie manchmal auf dem Weg zu ihrer Arbeit, wenn ich die Schulkinder ins Gymnasium fuhr. Sobald ich sie sah, ließ ich die Kinder ihr winken, was sie sehr nervte. Im Nachhinein hat sie mir jedoch gestanden, dass sie immer gehofft hatte, mich zu sehn. Auf alle Fälle: Zwischen uns war Funkstille – ich hatte keine Zeit für ein Privatleben – bis zur Fahrt nach Berlin.

Wir fuhren fast alle 14 Tage nach Berlin. Ich war sehr überrascht, als ich plötzlich ihren Namen auf der Anmeldeliste für Silvester sah. Normalerweise fuhren mein Bruder und ich diese Route abwechselnd, doch jetzt bestand ich darauf, diese Silvesterfahrt zu machen. Die Sitzeinteilung habe ich natürlich so vorgenommen, dass Lydia direkt hinter mir saß. Es war eine Nachtfahrt und auf meinen Wunsch hin versorgte sie mich die ganze Nacht mit Vitaminen durch Orangen, Bananen und anderes Obst.

In Berlin hatten wir unser Programm. Zur Unterhaltung fuhren wir immer zur Hasenheide, dem damaligen Treffpunkt für Touristen, die vom dortigen Angebot immer begeistert waren.

Der Showmaster Richard, den ich gut kannte, begrüßte natürlich immer die Gäste von Strässer-Reisen aus dem Schwabenland. Bei der Unterhaltungsshow „Gretna Green" suchte er wie immer Mitspieler, und zwar eine Frau und einen Mann. Da sich keiner meldete, erklärte ich mich bereit und nahm Lydia mit, die, im Gegensatz zu mir, überhaupt nicht wusste, um was es hier ging.

Wir folgten dem Showmaster auf die große Bühne und Richard begann seine Gretna-Green-Show – eine Trauung mit Amboss, Zylinder, Schleier, Gästen und Sekt. Lydia spielte die Braut, ich den Bräutigam.

Wir bekamen eine Heiratsurkunde ausgehändigt, auf der natürlich stand, dass diese Trauung nur Gültigkeit auf dem Areal Hasenheide hatte.

Keiner von uns glaubte, dass dies einmal Wirklichkeit werden würde, obwohl mein Freund Karlheinz mir schon damals prophezeite, dass Lydia meine Frau werden würde. Vier Monate danach waren wir tatsächlich verheiratet. Für einen späteren Hochzeitstermin war meiner Meinung nach keine Zeit mehr, denn im Sommer war immer Hochbetrieb und für mich war schon immer das Geschäft am wichtigsten.

Diese schnelle Entscheidung habe ich noch nie bereut. Wenn meine Frau damals gewusst hätte, dass Geschäft und Erfolg für mich an erster Stelle stehen, ich glaube, sie hätte mich nicht geheiratet.

Für mich war es ein Glücksfall und ich vermute, dass zu dieser Zeit mein Schutzengel so richtig aktiv wurde, denn ab unserer Hochzeit hatte ich beinahe nur Glück, und das bis heute.

Auch diese nächste Omnibusfahrt wird mir immer in meinem Gedächtnis bleiben: Ein Fußballverein, der jedes Jahr mit Strässer-Reisen eine Urlaubsfahrt unternahm, hatte seinen Vereinsausflug, eine Wochenendreise, gebucht, und zwar wie immer nach Österreich. Diesmal wollten wir die Großglockner-Rundfahrt machen und somit selbstverständlich den Gerlospass fahren – leider führte uns der Reiseleiter über den alten Gerlospass.

Wie vorgesehen, ging ich in das örtliche Fremdenverkehrsamt und holte mir dort, wie telefonisch bereits vereinbart, den mir zugeteilten Reiseleiter ab, welcher uns die schöne, bizarre Umgebung zeigen sollte. Wir fuhren also mit dem Magirus 50-Sitzer-Bus los. Das Wetter war wunderbar, die Weitsicht optimal – ein richtig tolles Reisewetter. Die Stimmung im Bus war hervorragend.

Ich fuhr die vom Reiseleiter mir vorgegebene Strecke zum ersten Mal. Zu dieser Zeit war mir nicht bekannt, dass dies die erste Führung unseres jungen Reiseleiters war, ich glaube, es wird auch schon die letzte gewesen sein. Ich vermute, dass er diese Strecke mit dem Motorrad abgefahren hatte, anders konnte es gar nicht gewesen sein.

Meine Fahrgäste und ich wunderten uns, dass die Bergstrecke immer enger wurde und Verbotsschilder mit „über 3,5 t gesperrt" auftauchten. Meine fragenden Blicke wurden vom Reiseleiter mit einem „Weiterfahren!" ignoriert. Es gab keine Leitplanken mehr und die Passstraße wurde so eng, dass es unmöglich war, die Türen zu öffnen. Rechts die Felswand, links der Abgrund.

Der Reiseleiter sagte zwar immer wieder, dass es nach der nächsten Kurve besser werden würde, doch dies traf nicht zu. Als die Situation immer gefährlicher wurde, gestand er, dass wir uns verfahren hätten. Ein Zurück gab es nicht und ein Aussteigen ebenso nicht, da, wie schon erwähnt, links der Abgrund, rechts die Felswand war. Im Omnibus herrschte Totenstille. Im Schneckentempo fuhr ich einfach weiter.

Bei den Kurven blieb mir nichts anderes möglich, als mit der Omnibus-Vorderachse etwa einen Meter über den Abgrund zu fahren, was nur möglich war, weil die Passstraßenunterlage gut befestigt und trocken war. Das Gleiche musste rückwärts gemacht werden. So quälte ich mich bald zwanzigmal um die Kurven.

Zu allem Übel kam noch eine kleine Holzbrücke, befahrbar bis 2,5 t. Ich schickte meine vorderen Fahrgäste nach hinten, um die Vorderachse zu entlasten und fuhr mit dem Bus mit der Vorderachse über die Brücke. Auf der Brücke blieb ich stehen, bis alle Fahrgäste auf meine Bitte hin in den vorderen Teil des Busses wechselten. Im Omnibus hätte man eine Stecknadel fallen hören, so still war es.

Als wir die Holzbrücke hinter uns hatten, fing eine Frau zu schreien an. Um eine Panik zu vermeiden, reagierte ich scharf und gab zu verstehen, dass ich alles im Griff hätte. So blieb es ruhig.

Wir fuhren Meter für Meter weiter, bis es endlich nur noch geradeaus ging, aber immer noch nur in Busbreite und ein Aussteigen war unmöglich. Der Reiseleiter und viele Fahrgäste, auch meine damalige Braut Lydia, waren schneeweiß.

Als es endlich möglich war, die Türe etwas aufzumachen, stieg als erstes die Frau aus, die einem Nervenzusammenbruch nahe war. Ich werde nicht vergessen, dass sie ihr Kind erst rief, als sie schon draußen stand.

Alle Fahrgäste stiegen aus und gingen die restlichen drei Kilometer zu Fuß. Auch als die Straße wieder breiter wurde, wollte niemand mehr in den Bus einsteigen. Meine Braut und der Reiseleiter blieben im Bus. Dieser hatte wahrscheinlich Angst, Prügel zu bekommen.

Ich kann mich noch gut daran erinnern, wie der Wirt von der Bergstation die Hände über dem Kopf zusammenschlug – er konnte und wollte nicht glauben, dass wir mit dem Riesenbus den alten Gerlos-Pass heraufgefahren waren.

Der Reiseleiter war nach dem Abstellen auf dem Parkplatz spurlos verschwunden. Wahrscheinlich hatte er Angst, von den Fahrgästen gesteinigt zu werden.

Diese Fahrstrecke habe ich nur gemeistert, weil es nur eine Möglichkeit gab: die Flucht nach vorn. Außerdem kannte ich den Omnibus genau und hatte zu jener Zeit noch sehr gute Nerven und ein wahnsinniges Selbstvertrauen. Das Zittern in den Knien kam erst ein paar Stunden später. Dass es nicht zu einer Panik kam, habe ich auch Lydia zu verdanken, denn sie blieb nach außen hin ganz ruhig und strahlte Zuversicht aus, die sich auf viele Fahrgäste übertrug. Der Abend nach dieser Fahrt verlief feucht-fröhlich und ging bis in die Morgenstunden. Heute, nach so vielen Jahren, wird von den Teilnehmern immer noch über diese Fahrt gesprochen.

Einmal hatte Thomas Gottschalk bei „Wetten, dass..?" einen Wettkandidaten, der auf einer Brücke einen Omnibus wenden musste. Auch er musste rückwärts und vorwärts über das Geländer hinausfahren, wie ich dies schon vor 40 Jahren notgedrungen getan hatte, und das sogar mit Fahrgästen und ohne Lenkhilfe.

Ich glaube nicht, dass ich heute noch die Nerven dazu hätte, solch eine Situation zu meistern. Und wenn ich eine Million bekommen würde, mit solch einem großen Bus würde ich nie mehr den alten Gerlos-Pass hinauffahren.

Jedes Mal, wenn ich, von Ulm kommend, die Strecke nach Stuttgart fahre, fällt mir die Omnibusfahrt ein, bei der ich im Auftrag eines Omnibusunternehmens aus Stuttgart Urlaubsgäste aus Österreich heimbrachte.

Nach dem Einkehrschwung in der Autobahnraststätte Ulm, der als Abschluss jeder Omnibusfahrt gemacht wurde, fuhren wir fröhlich in Richtung Heimat weiter nach Stuttgart.

Bei dieser Omnibusfahrt hatte ich als Reiseleiter einen alten Bekannten, Mike, jung an Jahren, ein Student, der mit diesem Job seine Kasse auffüllte. Er war bei den Reisegästen sehr beliebt und oft mit dieser Firma unterwegs.

Mike und ich hatten schon viele Fahrten miteinander gemacht und wir waren ein wirklich gutes Team. Wenn er als Reiseleiter eingeteilt war, versuchte er immer, Strässer-Bus-Reisen anzufordern.

Mike konnte durch sein Wissen und seine freundliche Art die Gäste in Stimmung bringen. Obwohl er nicht singen konnte – er hatte eine Stimme zum Kohle zählen – stimmte er auf dieser Fahrt das Lied an „S'ist Feierabend, das Tagwerk ist vollbracht ..." Ich unterstützte ihn durch das Bordmikrofon und die Gäste sangen alle mit. Es herrschte Hochstimmung im Bus.

Alles war gut, bis wir nach der ersten Strophe den Drackensteiner Hang erreichten. Wir fuhren mit etwa 80 km/h Geschwindigkeit und da es abwärts ging, bediente ich die Motorbremse, als auf einmal das gelbe Licht am Armaturenbrett aufleuchtete. Der Bremsdruck, der ja am Armaturenbrett angezeigt wird, fiel rapide ab. Ich versuchte, durch Herunterschalten und mit der Handbremse die Geschwindigkeit zu drosseln. Wir befanden uns inzwischen schon mitten in der Gefällstrecke. Der Bus reagierte aber weder auf die Motorbremse noch auf die Handbremse, er wurde immer schneller. Gott sei Dank war es Nacht und kaum Verkehr. Ich überholte notgedrungen alle Fahrzeuge. Der Fahrgast, der hinter mir saß, bemerkte, dass ich schon zum dritten Mal den ersten Vers des Liedes sang und meinte, dass es mir aber sehr pressieren würde, nach Hause zu kommen. Mike bemerkte natürlich, dass etwas mit dem Omnibus nicht stimmte. Er sah genau, dass auf dem Manometer der Bremsdruck immer weniger wurde und versuchte, so ruhig wie möglich zu bleiben, was ihm sehr schwer fiel.

Ich fuhr mit einer hohen Geschwindigkeit den Drackensteiner Hang abwärts, schnitt die Kurven. Es gab für mich nur die Möglichkeit, dicht links an der Felswand entlangzufahren. Ich kannte diese Strecke genau und wusste, dass es, wenn ich die nächsten drei Kurven hinter mich gebracht hätte, wieder den Berg hinaufgehen und gleich danach ein Parkplatz kommen würde. Ein Parkplatz, den ich schweißtriefend erreichte und den ich nie wieder vergessen werde. Die lustige Gesellschaft im Bus hatte von alledem nichts mitbekommen und wunderte sich nur, dass wir schon wieder Rast machten.

Ich konnte den defekten Kompressorschlauch mit Isolierband notdürftig so weit reparieren, dass ich wieder Bremsdruck auf der Bremsleitung hatte. Mit angemessener Geschwindigkeit konnten wir so nach Stuttgart fahren.

Heute könnte so etwas nicht mehr passieren, denn bei Bremsdruckabfall würde der Bus automatisch abgebremst werden. Mike, der das ganze Dilemma mitbekommen hatte, lud mich anschließend zu einem Umtrunk ein. An diesem Abend ließ ich den Bus in Stuttgart stehen.

Das Resümee dieser halsbrecherischen Fahrt: Zeige nie deine Angst, wenn du in Not bist, denn helfen kannst nur du dir selbst und dein Schutzengel.

Mike hatte normalerweise immer das letzte Wort und er konnte auch Fahrgäste, die immer etwas zu meckern hatten und alles besser wissen, die es ja bei einer Omnibusfahrt immer gibt, zur Ruhe bringen, ohne sie bloßzustellen. Nur einmal hatten wir beide richtig Pech: Strässer-Reisen wurde wieder einmal auf Empfehlung von Mike angemietet.

Es handelte sich um einen Tagesausflug einer Miederfabrik. Bei der Einteilung der Fahrgäste kam das große Fiasko auf uns zu: In unseren Bus stiegen 48 Frauen ein, außer Mike und mir war kein weiterer Mann an Bord. Warum alle 48 Frauen in unseren Bus eingestiegen sind, kann ich mir nur so erklären, dass die Frauen den schönsten Busfahrer und Reiseleiter ausgesucht hatten. Einen ganzen Tag 48 Frauen auf ein paar Quadratmetern und was für welche. Wir hörten Witze aus der untersten Schublade! Wir beide waren nur noch Statisten. Mike war am Abend fix und fertig. Beim Reinigen des Busses musste ich feststellen, dass die Frauen sehr durstig gewesen waren, ich hatte 21 Flaschen Perlwein zu entsorgen! Mike wurde später ein großer Reiseveranstalter mit eigenem Fernsehsender. Toll!

Im Juni 1969 wurde mein Sohn Martin in Möckmühl geboren.

Zu diesem Zeitpunkt kam wieder einmal „Schorsch" Samp, mit dem ich fast täglich in Verbindung stand, zu mir und erzählte, dass er seinen Posten als Direktor bei der Rechtsschutzversicherung aufgegeben habe und jetzt für eine amerikanische Investmentfirma arbeite.

Mir war die IOS-Investmentgesellschaft von Bernie Cornfeld, die in den Medien fast täglich erwähnt wurde, nicht unbekannt, sowohl positiv als auch negativ. Ich war neugierig und nicht abgeneigt, mich über dieses Unternehmen zu informieren. Ich wurde zu einem Gespräch zur Direktion nach Heilbronn eingeladen. Der Geschäftsstellenleiter, ein Rechtsanwalt, verstand es hervorragend, mich so zu motivieren, dass ich mich entschied, bei der IOS einzusteigen. Zweifel hatte ich keine, denn das Angebot musste gut sein, wenn mein Freund Schorsch seine sichere Position bei der Versicherung aufgegeben hatte, um bei der IOS anzufangen. Im Nachhinein kann ich sagen: Diese Entscheidung war richtig.

Die Versicherung wurde für mich nebensächlich, obwohl ich immer noch gute Abschlüsse verzeichnen konnte. Die Ausbildung bei der IOS als Anlageberater war für mich knochenhart und ich musste zwei Mal in der Woche Schulungen besuchen. Mir war klar, dass, sollte ich die Anlagerprüfung schaffen, es nur noch aufwärts gehen konnte. Die wichtigsten Punkte der Ausbildung waren:

* Einführung ins Fondswesen
* Personeneinschätzung/Charakterien
* Körpersprache/Reaktionen im Gespräch/Entscheidungsträger
* Objekt-Vortrag auf die Personen zugeschnitten
* Termingestaltung, Interesse wecken, Kontaktgestaltung (spätestens 48 Stunden nach dem ersten Gespräch muss

der Verkäufer wieder Kontakt aufnehmen)
* Ängste abbauen, Abschlussangst – Druck abbauen
* Selbstsicherheit, Selbstvertrauen
* Kundenpflege – weitere Empfehlungen
* Familie mit einbeziehen – eigene Familie
* Hundertprozentig überzeugt sein von dem Angebot

Nach wochenlangem Büffeln und vielen Schulungen kam endlich der Tag, es war der 28. Juni 1969. Ich bestand die Prüfung in Heilbronn und konnte mich nun Anlageberater nennen. Ab jetzt konnte ich selbst Kunden, besser gesagt eventuelle Käufer von Investmentpapieren aufsuchen und zu einem Abschluss bewegen.

Die IOS war sehr erfolgreich und eine große Konkurrenz zu den Kreditinstituten. Daher reagierten diese negativ auf die angebotenen Investmentanlagen und auch die Medien berichteten nicht positiv, denn sie vermuteten unseriöse Machenschaften durch das Management von IOS. Doch ich glaubte an die IOS und je mehr die Kreditinstitute und Medien gegen die IOS sprachen, umso besser wurde ich im Verkauf. Jedem negativen Argument konnte ich ein positives entgegensetzen, denn darauf wurden wir in den Schulungen trainiert, die weiterhin jeden Samstagvormittag stattfanden.

Auch die Ehefrauen der IOS-Mitarbeiter wurden bei kleinen Einladungen ständig für die IOS motiviert. Das Angebot für Kapitalanleger war wirklich gut und die IOS wurde so eine richtige Konkurrenz zu den Banken und Sparkassen.

Mein unermüdlicher Einsatz und großer Ehrgeiz brachten mir Erfolg und ich verdiente natürlich auch ein gutes Geld. Nach nur kurzer Zeit wurde ich das Aushängeschild für Neueinsteiger und die Mitarbeiter der IOS. Innerhalb eines halben Jahres wurde ich aufgrund meines Umsatzes zum Manager befördert. Es gab Zeiten, bei denen ich mich unter den ersten zehn Verkäufern in Deutschland tummeln konnte, einmal war ich sogar die Nummer fünf von 8.000 Anlageberatern.

Rückblickend kann ich sagen, dass IOS die beste Schule meines Lebens gewesen ist. Schade, dass dieses Unternehmen pleiteging, und dies in der Hauptsache verursacht durch den Größenwahnsinn des Gründers und einiger Mitarbeiter in Amerika.

Der Zusammenbruch der IOS war auch für mich ein Fiasko, denn alles Geld, das ich zu dem Zeitpunkt besaß, hatte ich bei der IOS investiert und alles war verloren. Trotzdem: Die Ausbildung, die ich bei der IOS erfahren durfte, hat mich durch mein ganzes berufliches Leben begleitet und mich zu dem gemacht, der ich heute bin. Ich versuche das, was ich bei der IOS gelernt habe, immer wieder weiterzugeben, denn wenn diese Ratschläge befolgt werden, führen sie auch heute noch zum Erfolg:

* Wille und Selbstvertrauen, an sich glauben
* Von dem zu verkaufenden Produkt hundertprozentig überzeugt sein
* Es gibt keinen Erfolg ohne Tiefschläge. Tiefschläge wegstecken zu können ist wichtig, denn wo Sonne, ist auch Schatten. Das Fallen tut weh, das Aufstehen zeigt Stärke.
* Sich Fachwissen aneignen. Was bieten die Mitbewerber an? Was unterscheidet mich von den anderen? Nie negative Äußerungen über Mitbewerber tätigen!
* Allgemeinbildung! Vorbereitet zum Verkaufsgespräch gehen. Auf das Äußere achten (geputzte Schuhe, dezente Kleidung usw.).
* Zuhören können auf die Belange des Kunden eingehen (der Kunde hat immer Recht). Mit dem Wort „aber" kann man vieles ändern.
* Sind bei einem Verkaufsgespräch außer der Entscheidungsperson noch andere Personen anwesend, unbedingt diese in das Gespräch mit einbeziehen, wenn auch mit Vorsicht. Im Unterbewusstsein wird dies von den Personen positiv aufgenommen und kann das Zünglein an der

Waage sein, wenn du nicht mehr im Raume präsent bist.

* Viele hören sich gern selbst reden. Lass sie reden, höre zu und versuche, bei einer passenden Gelegenheit das Gespräch wieder zu übernehmen, ohne dass der andere es bemerkt.

* Zeige dem Kunden nie, dass er im Unrecht ist. Stelle ihn nicht bloß, sondern versuche, ihn mit Argumenten zu überzeugen, ihn mit deinem Angebot positiv zu beraten. Verkaufe ihm nichts, sondern bereichere ihn. Verhalte dich so, dass der andere sein Ansehen wahren kann. Dies ist besonders wichtig, wenn weitere Personen anwesend sind, denn Höflichkeit ist immer noch das beste Verkaufsargument und immer ein Türöffner.

* Das Sprichwort sagt: Hinter jedem erfolgreichen Mann steht eine tüchtige Frau. Zu 99,9 % trifft dies zu. Erfolg im beruflichen und privaten Bereich kann man zudem nur haben, wenn man an sich glaubt. Erfolg kommt nicht von selbst und Glück hat man nur, wenn man dafür arbeitet, denn was man nicht aufgibt, hat man nicht verloren. Die größte Sünde ist, wenn man auf seinem Hintern sitzen bleibt und die Fehler, die man gemacht hat, bei anderen sucht. Derjenige, der nie ein Risiko eingeht, kann wohl außer seiner Selbstachtung nichts verlieren, darf aber auch nicht jammern, wenn andere an ihm vorbeiziehen, denn das Leben ist zu kurz, um auf einen Lottogewinn zu warten. Ein Pessimist beschäftigt sich mit seiner negativen Vergangenheit, ein Optimist mit der Zukunft und mit dem klaren Blick nach vorn. Der Weise beschäftigt sich mit der Gegenwart und der Zukunft.

Nach diesen 10 Punkten versuchte ich, mein Leben zu leben. Einfach war dies nicht, doch da ich schon immer ein Optimist war und es noch immer bin, fiel und fällt es mir leichter als anderen, die sich zu viel mit sich selbst beschäftigen.

Den richtigen Lebenspartner zu finden, ist schwerer, als man glaubt, denn ob die Wahl, die man getroffen hat, die richtige war, stellt sich erst heraus, wenn die ersten Schlaglöcher auf der Straße sind. Obwohl bekannt ist, dass nach Regen wieder die Sonne scheint, muss man doch den Regenschirm gemeinsam aufspannen und darunter laufen, nicht weglaufen, das bringt nichts. Nass werden gehört zum Leben.

Das galt auch jetzt: Nach der großen IOS-Investment-Pleite stand ich mit viel Wissen da, jedoch ohne Geld. Ich musste, wie man so schön sagt, vom hohen Ross herunter und wieder sehr kleine Brötchen backen. Ich hielt Ausschau nach einer Tätigkeit, die mir auch Spaß machte, denn ich kann nur eine Arbeit verrichten, die mich zufrieden macht und in der ich mich auch entfalten kann.

Ich hatte Schulden durch den Kauf von IOS-Papieren auf Kredit, was ich heute nie mehr tun würde, und hatte eine Familie zu ernähren. Was tun? Durch Zufall, vielleicht war es auch Bestimmung, lernte ich bei der Arbeitssuche einen IOS-Kunden näher kennen und schilderte ihm meine Lage. Er wusste, dass ich an der IOS-Pleite unschuldig war und obwohl er durch die IOS viel Geld verloren hatte, erzählte er mir von einem interessanten Objekt in Spanien, das er während seines Urlaubsaufenthaltes dort kennengelernt hatte. Nach seiner Schilderung musste es sich um etwas ganz Besonderes handeln. Als ich mir den Urlaubsprospekt genauer ansah, wurde in mir sofort das Interesse geweckt, dieses Urlaubsparadies zu besichtigen und auch zu vermarkten – der Eigentümer hatte an einer Vertretung in Deutschland schon sein Interesse bekundet.

Von meinen Kollegen aus der IOS-Zeit blieben drei, mit denen ich bereit war, ein neues gemeinsames Geschäft aufzubauen, darunter war natürlich wieder mein Freund Schorsch.

Das neue Objekt war eine im Aufbau befindliche Urbanisation an der Costa Blanca, ca. 80 km südlich von Alicante, direkt am Mar Menor. Mein Verbindungsmann stellte den Kontakt mit dem Generaldirektor Don Emilio her. Dieser sprach perfekt Deutsch – seine Mutter war in jungen Jahren mit ihren Eltern nach Spanien ausgewandert.

Der Besichtigungstermin wurde für den 16. Juni 1970 festgelegt. Wir, Schorsch, Dittes, Johann und ich, flogen mit der Iberia bis Barcelona und wollten von dort aus weiter nach Alicante fliegen. In Barcelona wurde uns jedoch mitgeteilt, dass der Flug der geplanten Maschine gestrichen sei und wir erst am nächsten Tag mittags weiterfliegen könnten. Aus der IOS-Zeit war uns klar, dass wichtige Termine immer einzuhalten sind und wir sahen keine andere Lösung, als die 650 km nach Alicante mit dem Taxi zu bewältigen, denn einen Mietwagen konnten wir auch nicht bekommen.

Nachdem wir mit dem Taxifahrer einen Festpreis ausgehandelt hatten, traten wir die Reise mit dem kleinen Fiat an – fünf Mann und Gepäck. Wir hatten Vorkasse geleistet, was sich als ein großer Fehler herausstellte, denn schon nach 150 km wurde uns klar, dass wir mit der Auswahl dieses Taxis voll in die Toilette gegriffen hatten. Bei jeder kleinen Steigung fing der Motor an zu kochen, denn unserem Supertaxifahrer waren richtiges Schalten und eine vernünftige Fahrweise leider fremd.

Wir hätten ihn gern beim Fahren abgelöst, da wir alle gute Autofahrer waren, doch davon wollte er nichts wissen, obwohl wir wahnsinnig aufpassen mussten, dass er nicht einschlief. Für die Fahrt ans Mar Menor benötigte unser Rennfahrer mit seinem Sondermodell von Auto 11 Stunden.

Um Mitternacht kamen wir endlich ans Ziel und wurden von dem Generaldirektor Don Emilio erwartet. Die Begrüßung war äußerst freundlich und über das köstliche Abendessen haben wir uns besonders gefreut, denn unser Magen hing uns allen schon bis zu den Knien. In zwei Appartements wurden wir untergebracht. Am anderen Morgen um 10 Uhr ging es dann los. Überall, wo wir hinkamen, wurde Don Emilio begrüßt wie eine Hoheit.

Die Ferienanlage Mar de Cristal lag direkt am Binnenmeer Mar Menor, das 25 km lang und 8 km breit ist. An der tiefsten Stelle war das Mar Menor gerade einmal drei Meter tief – sozusagen eine große Pfütze mit einem sehr hohen Salzgehalt. Man konnte sich ins Wasser legen, ohne unterzugehen – ein Gesundbrunnen. Mildes Klima war immer angesagt, sogar in den Wintermonaten.

Dieses Objekt entsprach genau meinen Vorstellungen und meinen Kollegen erging es nicht anders. Wir handelten zwei Tage lang einen Arbeitsvertrag aus. Don Emilio bemerkte sofort, dass wir Profis im Verkauf waren und akzeptierte unsere Bedingung, die Exklusivität für den Verkauf in Deutschland und Österreich. Es musste nur noch die Genehmigung des Hauptaktionärs Dr. Cosin eingeholt werden, der in Madrid wohnhaft war.

Wir erklärten Don Emilio, dass es in Deutschland üblich sei, dass der Verkäufer die Kosten für das Werbematerial übernehme, worauf er auch einging. Wir alle hatten kein Geld, uns stand das Wasser bis zum Hals, und wir waren erleichtert, als er darauf einging.

Wir bekamen Informationsmaterial, Fotos und Grundrisse ausgehändigt und ließen auf Grund dessen einen Prospekt anfertigen. Don Emilio und auch der Besitzer von Mar de Cristal waren begeistert. Die Kosten für die Zeitungswerbung gingen auf unsere Rechnung.

Wir hatten eine akzeptable Provision ausgehandelt und mussten nun auch beweisen, dass er die richtigen Verkäufer ins Boot geholt hat. Die Vorgabe, 10 Häuser im Monat zu verkaufen, haben wir anfangs nicht geschafft und wir waren froh, dass das Prospektmaterial auf unseren Namen lief, denn sonst hätte sich Don Emilio vielleicht nach einem anderen Partner umgesehen.

Wir wussten, dass uns ein solch schönes Objekt nicht gleich wieder angeboten werden würde, waren daher sehr bemüht und konnten so nach drei Monaten das Ziel erreichen. Wir besuchten alle unsere IOS-Kunden, die uns noch wohlgesonnen waren und von denen wir wussten, dass sie noch Rücklagen hatten.

Vom Objekt selbst waren wir alle total überzeugt, wir fanden es supergut und konnten somit auch Spanien-Liebhaber für den Kauf begeistern. Wir lebten und arbeiteten auf volles Risiko, kratzten das letzte Geld für Zeitungsanzeigen zusammen; von allen Kollegen ging es mir noch am besten, denn meine Frau hatte in den guten Zeiten einen Notgroschen zurückgelegt. Die Flugkosten mussten auch vorfinanziert werden. Beim Kauf wurde uns pro Vertrag ein Flug von den Spaniern erstattet. Wir achteten immer darauf, und das war auch sehr wichtig, dass bei Ehepartnern immer beide mitflogen, denn wenn beim Partner erst Rücksprache genommen wurde, der das Objekt nicht persönlich gesehen hat, war der Verkaufserfolg ein Risiko, was es zu vermeiden galt.

Auf die ersten Zeitungsanzeigen meldeten sich 12 Kaufinteressenten – Interessenten sind leider noch keine Käufer. Von den 12 konnte ich drei dazu bewegen, an einem Wochenende zur Objektbesichtigung nach Mar de Cristal mitzufliegen.

Wie vereinbart, wurden wir in Alicante am Flughafen mit drei Autos abgeholt. Selbstverständlich war Don Emilio mit dabei und überraschte uns im Flughafen-Restaurant mit einem kleinen Stehempfang, was bei den Kaufinteressenten natürlich gut ankam. Nach einer zweistündigen Fahrt erreichten wir unser Ziel und die Gäste, die von der Reise müde waren, wurden in Appartements untergebracht, natürlich alle mit Meerblick und gut gefülltem Kühlschrank.

Inzwischen hatte ich bereits die erste Besprechung mit Don Emilio, denn ich wollte vorab wissen, was wir den Interessenten anbieten können, da zur Auswahl Appartements und Bungalows standen. In den Gesprächen, die ich bereits mit den Kunden vor dem Flug hatte, konnte ich deren jeweilige finanzielle Situation einschätzen und wusste ungefähr, was in Frage kam.

Don Emilio verstand es hervorragend, Menschen zu begeistern. So zeigten wir den Interessenten nicht gleich die Verkaufsobjekte, sondern er lud alle ein, während einer Besichtigungsfahrt die Landschaft und das Mar Menor kennenzulernen. Wir fuhren mit dem Auto quer durchs Land, entlang der La Manga, dem Küstenstreifen, der das Mar Menor vom Mittelmeer abgrenzt. Auf der La Manga besichtigen wir einige Hotels, bei denen Don Emilio überall die Finger drin, sprich Kapital investiert hatte.

Im größten Hotel Entremares wurden wir an der Hotelbar bereits mit kleinen Häppchen erwartet. Das Hotel Entremares hatte einen großen Nachteil. In diesem Luxushotel tummelten sich sämtliche Immobilienmakler, die jede Gelegenheit nutzten, mir meine Kaufinteressenten abzuwerben. Deshalb begleiteten wir unsere Kunden sogar auf die Toilette.

Dieses Spiel musste ich fünf Jahre mitmachen bis Baco, der Chauffeur von Don Emilio, einen der Konkurrenten einmal ganz aus Versehen über seine Füße stolpern ließ. Ab da hatte ich dann einigermaßen Ruhe, gegen Don Manfredo de la Manga – so nannte man mich in der Zwischenzeit – getraute sich keiner etwas zu unternehmen, denn ich hatte Rückendeckung von Don Emilio. Das Leben war einfach hart und manchmal auch rutschig. Auf alle Fälle blieb der Erfolg nicht aus. Wir verkauften Appartements und Bungalows wie warme Semmeln. Ich muss ehrlicherweise dazu sagen, dass zu diesem Erfolg auch Don Emilio und seine Freunde erheblich beigetragen haben.

Wenn meine Kollegen und ich die Interessenten überreden konnten, an einem Besichtigungsflug teilzunehmen, hatten wir zu etwa 80 % Verkaufserfolg.

Sobald die Kunden in der Urbanisation Mar de Cristal am Mar Menor angekommen waren, wurde von unserer Seite und auch von Don Emilio nie vom Verkauf gesprochen. Die Gäste wurden von Don Emilio derart kulinarisch und kulturell verwöhnt, dass sie von ganz alleine ihr Kaufinteresse zeigten. Sie wurden von ihm wie Könige behandelt, alle Wünsche wurden erfüllt. So fühlten sie sich schon moralisch zum Kauf verpflichtet, da Don Emilio einfach zu nett und zuvorkommend und nicht aufdringlich war.

Das Geschäft lief auch gut, weil unsere Kunden uns in ihrem Bekanntenkreis weiterempfahlen und wir freuten uns, auch diese beglücken zu können. Mein größter Kunde kaufte auf einmal 24 Appartements.

Die zum Kauf stehenden Appartements in Mar de Cristal waren bald ausverkauft und so wurde uns von Don Emilio ein Nachbarobjekt, das Playa Honda angeboten. Dieses Objekt, im maurischen Stil gebaut, war sehr schön und auch direkt am Mar Menor gelegen. Auch hier hatte Don Emilio das Alleinverkaufsrecht, das er an uns weitergab. Hier wurden die Kaufinteressenten bei guter spanischer Bewirtung auf einer Hacienda mit Flamencotänzen zum Kauf animiert.

Zur damaligen Zeit wurde unter anderem der Film über den sensationellen Postraub gedreht und so waren auch viele Filmschauspieler vor Ort, die auch zu den Gästen von Don Francesco, dem Besitzer von Playa Honda, zählten. Einmal hatten meine Kunden und ich das Vergnügen, mit Sammy Davis Junior und Kollegen auf der Hacienda zu feiern, was für alle ein unvergessliches Erlebnis war.

Regelmäßig wurden die Kunden zu den Orangenplantagen geführt, wo sie selbst Orangen pflücken konnten – alles war zur damaligen Zeit nicht selbstverständlich und daher besonders beeindruckend. Inzwischen konnten wir Kunden aus ganz Deutschland gewinnen, die meisten auf Empfehlung, was für uns die preiswerteste und beste Werbung war. Dass die Kaufinteressenten beeindruckt waren, zeigt nachstehendes Gedicht eines Kunden.

Spanische Episode

Meine Frau Irene, die Gute,
hat die Nase voll von unserer Bude.
Dunkel kalt und keine Sonne,
die Arbeit macht ihr keine Wonne.
Sie möchte ein kleines Haus, einen Bungalow,
wo ewig die Sonne scheint, halt irgendwo!
Gar schnell hofft sie etwas zu finden,
doch darf man hierbei sich so schnell nicht binden.
Angebote aller Art
Von Häusern, die schon längst 'nen Bart,
flattern uns ins Haus,
doch was Richtiges findet man nicht raus.
Das Telefon geht pausenlos.
Man wird die Makler fast nicht los.
Zehnmal ist sie im Geist schon umgezogen.
Nach erster Freud' gar schnell glätten sich die Wogen.
Ich glaub, es war im Januar,
kommt abends ein Mann mit dunklem Haar.
Er war uns gar wohlbekannt.
Intern auch Mister 50 Prozent genannt.
Einst war er Cornfields bestes Pferd,
doch heute er nach Spanien fährt.
Durch die IOS-Geschichte gewarnt,
merkt er gleich, so schnell wird hier nicht mehr umgarnt.
Wochen darauf, er gibt nicht gleich bei,
bringt er Herrn Samp zur Unterstützung herbei.
Verlockend sind die Angebote,
Rendite mit einer hohen Quote.
Auch dieses Mal klappt die Sache nicht,
die Gegenargumente hatten noch zu viel Gewicht.
Beim dritten Anlauf ist es soweit:
Wir sind zum Spanien-Flug bereit.

Vereinbart wird der Flugtermin.
Die Zeit eilt wie im Flug dahin.
Nach Pass- und Zollkontrolle, Leibesvisitation,
sitzen wir genüsslich im Avion.
Wie schön ist doch die Welt von oben,
drum möchte' ich jetzt Don Manfredo loben.
Er war ein guter Reiseleiter,
dazu herrliches Wetter, es stimmt uns heiter.
Im Flugzeug von Barcelona bis Alicante
gab's nichts zu essen, es war eine Schande.
Glücklich gelandet, wir waren froh,
empfängt uns strahlend Don Emilio.
Einmalig die Fahrt ans Mar Menor,
wir kamen uns wie im Paradiese vor.
Don Francesco dort uns freudig empfängt,
mein Magen jedoch auf den Knien hängt.
Die Herren geleiten uns gleich zur Cafeteria,
dort gab es ein Essen – oh Mama Mia!
Der Tisch war fast zu klein
für alle die guten Leckereien.
Sooo ein Steak, das wär mein letzter Wille,
dazu braucht man keine Brille.
Nach tiefem Schlaf in schönem Hotel
ist Don Emilio pünktlich morgens wieder zur Stell.
Er führt uns herum, mal hierher, mal dort,
wir können nur staunen in einem fort.
Ich glaub,' wir waren gute Kunden
und hatten schnell etwas Passendes gefunden.
Der Kontakt zu den Herren könnte besser nicht sein,
dazu Paella und köstlicher Wein.
Don Francescos Hacienda war ein schönes Erlebnis
und wir kamen dabei gar schnell zum Ergebnis.
Solche Freunde, die Sonne und herrliche Lieder,
die vergisst man nie mehr, man kommt immer wieder.
Eviva amigos, eviva Mar Menor, eviva Espagna!

Einen großen Nachteil hatte der Verkaufserfolg – ich, Don Manfredo de la Manga, war immer auf Achse, kaum ein Wochenende mal daheim, und meine Frau war allein, was ihr mit der Zeit total missfiel. Die Partner waren leider beim Verkauf nicht so erfolgreich, so dass ich auserwählt war, diesen Part zu übernehmen.

Eines Tages kam ein freier Mitarbeiter und brachte uns einen Großinvestor, einen Fertiggaragenhersteller aus dem Ruhrgebiet. Dieser Interessent war am Kauf einer großen Parzelle direkt am Mar Menor interessiert, mit dem Gedanken, dort später eine Feriensiedlung zu erstellen. Geplant waren circa 300 Luxusbungalows. Der Kunde war bereit, für das Grundstück rund zwei Millionen DM auszugeben. Zu jener Zeit waren die Grundstückspreise in Spanien gegenüber heute noch sehr günstig. Ein enger Freund von Don Emilio, ein Spanier mit großem Landbesitz, und auch mir gut bekannt, besaß das Grundstück, das für das geplante Objekt geeignet war. Eine Provision für uns bei Zustandekommen eines Verkaufs, die nicht unerheblich war, wurde mit dem Grundstücksbesitzer vertraglich festgelegt.

Der Investor kam in Begleitung seines Steuerberaters, Rechtsanwalts und Architekten mit eigenem Flugzeug angeflogen. Don Emilio veranstaltete wie üblich seine große Schau und wir hatten fünf Tage, um den Kaufvertrag sozusagen in trockene Tücher zu legen – es waren fünf sehr, sehr anstrengende Tage. Es wurde mit einer spanischen Bank in Cartagena verhandelt und überall, wo wir mit Don Emilio hinkamen, wurde der rote Teppich ausgelegt. Es war beeindruckend, wie alles organisiert war, es war filmreif.

Die Anzahlung des Käufers betrug 35 Prozent. Als Sicherheit für unsere Provision erhielten wir Wechsel, einlösbar nach vier Monaten. Im Besitz dieser Wechsel war ich, als eines Tages der Vermittler des Investors zu mir kam und mich bat, ihm diese Wechsel auszuhändigen, da er Geld für eine Zwischenfinanzierung benötige. Meine Partner waren alle damit einverstanden und ich händigte ihm alle Wechsel gegen Quittung aus, obwohl meine Frau und meine Schwiegereltern, die zu jener Zeit auch in Spanien waren, mich davor warnten und absolut nicht einverstanden waren. Der Vermittler, den ich schon aus der IOS-Zeit kannte, er war damals mein Vorgesetzter, hat die Wechsel eingelöst und wir sahen in die Röhre, denn die Wechsel waren weg und wir haben nie Geld von ihm gesehen. Wie wir erfuhren, hatte er schon mehrere Geschäftsleute um ihr Geld gebracht und wurde dann auch polizeilich gesucht. Auf Staatskosten bekam er wohl mehrere Jahre, doch das nützte uns nichts.

Nach diesem Zwischenfall trennte ich mich dann auch von meinen Partnern außer von Schorsch, mit dem ich weiterhin zusammenarbeitete. Denn mit der Zeit war es so, dass immer einer – nämlich ich – unterwegs war und ackerte und die anderen auf meine Kosten ein angenehmes Leben führten. Da die Arbeit mir über den Kopf wuchs, auch büromäßig, suchte ich nach einem neuen Partner, den ich dann auch nach kurzer Zeit fand.

Ich kannte ihn schon als 5-jährigen Jungen, denn wir waren Nachbarskinder gewesen. Er besaß eine der größten Immobilienfirmen im süddeutschen Raum. Die Gründung einer neuen Firma in seiner Firmengruppe war kein Thema. Ich wurde Geschäftsführer und Gesellschafter einer Auslandsimmobilien GmbH und mit dieser neuen Firma, mit diesem neuen Mantel, wurden wir international bekannt. Durch diese Verbindung kamen auch Banken und verkauften mein Objekt mit. Es konnte nur noch aufwärts gehen – und so war es auch. Eine Bank im süddeutschen Raum mit einem sehr guten Immobilienverkäufer schleppte mir jede Woche neue Kaufinteressenten für das Objekt Mar de Cristal bei. Jetzt endlich war auch das nötige Geld für Werbung vorhanden. Denn mir war bekannt, dass Stillstand Rückstand bedeuten würde.

Eines Tages lernte ich auf dem Flughafen in Madrid Georg

Thomalla kennen, damals ein sehr bekannter und beliebter Film-schauspieler. Thomalla besaß einen Ferienwohnsitz in Denia und war zu meiner Verwunderung in Spanien genauso bekannt wie in Deutschland. Wir verstanden uns auf Anhieb gut und ich bot ihm an, meine Firma Mar de Cristal zu repräsentieren.

Nach kurzer Überlegung stimmte er zu und wir vereinbarten einen Termin in unserem Büro in Deutschland. Mein neuer Partner aus Winnenden, der schon immer eine Schwäche für Persönlichkeiten hatte, war von meiner Idee hellauf begeistert. Georg Thomalla kam also zu uns und wir kamen überein, dass wir mit Fotos von ihm für unser spanisches Objekt Werbung machen würden. Er stimmte auch zu, Kaufinteressenten in Spanien zu betreuen, wenn er sich dort aufhielt und es seine Zeit erlaubte.

Etwa einen Monat später empfing Georg Thomalla meine Kaufinteressenten und mich am Flughafen in Alicante. Unsere Kunden waren begeistert, denn Georg Thomalla konnte stundenlang unterhalten und er war genauso, wie ihn alle von seinen Filmen her kannten.

Die Zusammenarbeit mit den Banken und Georg Thomalla erreichten, dass meine Aufgabe in der Hauptsache darin bestand, die Kaufinteressenten aufzusuchen und Flugtermine zu vereinbaren. Es gab bei der Fluggesellschaft Iberia zu jener Zeit kaum eine Stewardess, die ich nicht kannte. Ein Handicap galt es zu umgehen: In den Flugzeugen waren auch viele andere Immobilienverkäufer mit ihren Kaufinteressenten – es herrschte ein Spanienboom – und ich musste aufpassen, dass meine Kunden nicht von einem anderen Immobilienverkäufer abgeworben wurden.

Zwischen Georg Thomalla und meiner Familie entwickelte sich mit der Zeit eine Freundschaft und wir hatten gemeinsam schöne Erlebnisse.

Wir waren alle, Thomalla, mein Geschäftspartner und meine Familie und ich, zur Hochzeit von Don Emilios Tochter in Madrid eingeladen. Die kirchliche Trauung fand gegen 15.00 Uhr statt und danach ging es zur Feier ins Hotel Villa Magna, wo wir auch wohnten. Das Abendessen wurde auf runden Tischen für jeweils 10 Personen serviert. Es war beeindruckend, als die Tür aufging und die vielen Kellner mit den Speisen zu den Tischen stürmten. Die Stimmung war super, doch leider war um 24 Uhr, wenn es bei uns erst so richtig losgeht, alles vorbei. Wir hatten uns noch auf Musik und Tanz gefreut, doch da wurden wir enttäuscht. So mussten wir notgedrungen noch eine Disco in Madrid aufsuchen.

Am nächsten Tag führte uns Georg Thomalla in eine bekannte Flamenco-Bar. Der Flamenco-Tanz hat uns beeindruckt, doch mit der Zeit war es anstrengend und wir fingen an, uns leise zu unterhalten. Auch strafende Blicke der Kellner konnten uns davon nicht abhalten, bis einer an unseren Tisch kam und Georg Thomalla zu wissen gab: „Auch wenn Sie Georg Thomalla sind, wenn Sie nicht sofort ruhig sind, werfe ich Sie raus!"

Also auch in Madrid kannte man den Schauspieler Thomalla. Als er auf dem Flohmarkt in Madrid mehrmals angesprochen wurde, war er überaus glücklich. Eitel war er auch, denn mit Brille durfte man ihn nicht fotografieren. Er war sein sehr angenehmer Mensch, zufrieden, gläubig und immer gut gelaunt. Wir erlebten ihn privat so, wie wir ihn vom Film her kannten. Die Zeit mit ihm war erfolgreich und nur schön.

Eines Tages rief mich ein weiterer Kaufinteressent an, der auch eine erhebliche Summe in Grundstücke investieren wollte. Natürlich fand Don Emilio wieder eine geeignete Parzelle und wieder war sie von einem seiner Freunde. Der Käufer bezahlte, wie in Spanien zu jener Zeit üblich, 35 Prozent der Kaufsumme an, die restlichen 65 Prozent wurden mit Wechseln abgedeckt.

Als Don Emilio, der kleine Gott von der Manga, wie er auch genannt wurde, die Wechsel von beiden Investoren in den Händen hatte, setzte er sich ab und wurde trotz Suche durch Interpol nie gefunden. Wie wir später erfuhren, hat er auch seinen Chef und Patron aus Madrid um Millionen gebracht.

Die Grundstücke, die er meinen Kunden verkauft hatte, waren Ackerland und wurden erst nach Jahren Baugelände. Der zweite Investor wollte aufgrund dessen sein Geld zurück und verklagte Die Grundstücke, die er meinen Kunden verkauft hatte, waren Ackerland und wurden erst nach Jahren Baugelände. Der zweite Investor wollte aufgrund dessen sein Geld zurück und verklagte uns. Und obwohl wir an der ganzen Sache total unschuldig waren, wurden wir vom Gericht mitschuldig gesprochen. Es wurde ein Vergleich vorgeschlagen, mit dem auch mein Kontrahent einverstanden gewesen wäre, doch mein Rechtsanwalt beharrte darauf, unser Recht beim Bundesgerichtshof zu erkämpfen. Wir verloren den Prozess und mussten dem Käufer eine beachtliche Summe zurückzahlen.

Inzwischen wurde in Spanien weitergebaut und mit Georg Thomallas Hilfe weiterverkauft. Mar de Cristal wurde sogar vom spanischen Touristikministerium die Goldmedaille für die schönste Feriensiedlung an der Costa Blanca ausgehändigt. Kurz darauf starb der Besitzer von Mar de Cristal an einer schweren

Krankheit und sein 19-jähriger Sohn übernahm die Firma. Er wollte uns alten Hasen zeigen, wo es lang ging, doch beim Zeigen blieb es.

Mar de Cristal ist bis heute eine beliebte Ferienanlage am Mar Menor und keiner meiner Kunden hat bis heute die Investition dort bereut.

Da ich inzwischen viele Lehrstunden bekommen hatte, musste es ja weitergehen. Von Spanien war ich vorerst geheilt. Es war für mich und meinen Partner kein Problem, gute Objekte zu finden, mir machten immer nur meine Mitarbeiter Probleme, vielleicht habe ich zu viel von ihnen verlangt.

Nach einer gewissen Verschnaufpause hatte ich wieder neue Objekte im Programm. Mein Partner, der ja 51 Prozent der Auslandsimmobiliengesellschaft hatte, ließ mir völlig freie Hand. Er wollte nur Umsatz sehen. Wir nahmen Objekte in der Schweiz und Italien in Flims, Disentis, Lax und Cannobio in unser Verkaufsprogramm auf. Ich muss gestehen, dass wir ohne den bekannten Namen meines Partners diese Objekte nicht an Land gezogen hätten, doch Beziehungen sind einfach alles, so ist nun mal das Leben.

Wo Licht ist, ist auch Schatten: Fast jede Woche besuchte uns ein Spendensammler. Es gab keine Partei, die nicht an die Tür geklopft hätte. Und jeder bekam etwas, denn vielleicht kann man den einen oder anderen mal bei der Vergabe von Bauaufträgen gebrauchen.

Ganoven suchten uns immer wieder auf und boten uns Teppiche, Bilder, chinesische Vasen und anderes an, meistens zu weit erhöhten Preisen und oft Kopien. Ein echter Rembrandt wurde von meinem Partner gekauft, der sich natürlich später als eine gute Fälschung entpuppte.

Beinahe hätte solch ein Gauner auch bei mir Glück gehabt. Er bot uns Goldbarren, schön glänzend und mit Stempel versehen, als einmalige Gelegenheit zum Schnäppchenpreis an. Ich war in großer Versuchung, doch meine Frau war strikt dagegen – so ging der Krug an mir vorbei. Mein Partner fiel auf den Betrug herein, den er erst bemerkte, als Polizeibeamte im Büro erschienen und uns aufklärten, doch da war für ihn alles zu spät. Es handelte sich, wie man so schön sagt, um Trompetengold. Der Goldverkäufer, der uns ja nicht unbekannt war, hatte damit auch andere Geschäftsleute aufs Kreuz gelegt und durfte dafür Urlaub auf Staatskosten verbringen.

Verkäufer gab es viele, doch nur wenige waren bereit, auch gewisse Leistungen zu erbringen. Wie lautet der Spruch: Es gibt Verkäufer, die Fische fangen, und solche, die nur Köder auswerfen und das Wasser trüben.

Die Kaufanfragen wurden zur Bearbeitung immer an die Gebietsvertretungen weitergeleitet, doch es zeigte sich, dass die Bearbeitung entweder zu spät oder nicht so ausgeführt worden war, dass die von mir erwartete Resonanz erfolgte. Deshalb beschränkte ich mich wieder auf eine kleine Verkaufsmannschaft und hatte somit wieder alles im Griff. Der beste Laden ist eben der, bei dem der Chef selbst aktiv mitwirkt und selbst an der Front steht. So wie ich früher ständig nach Spanien flog, fuhr ich jetzt fast jedes Wochenende in die Schweiz oder in ein anderes Land. Die Nachfrage nach exklusiven Appartements und Häusern war natürlich nicht so wie in Spanien, denn die Kaufpreise beispielsweise in der Schweiz waren sehr hoch, allerdings verglichen mit der heutigen Zeit natürlich preiswert.

Einmal hatte ich unverschämtes Glück. Als ich auf dem Rückweg von Disentis nach Hause war, krachte hinter mir eine Bergkuppe ab und riss die Straße in den Abgrund – mein Schutzengel hatte mich vor dem Unglück bewahrt. 14 Tage später – auch in der Schweiz – wollte mich ein ausgewachsener Hirsch auf die Schaufel nehmen, doch zum Glück war ich mit dem dicken Mercedes meines Partners unterwegs und mir passierte nichts. Ich glaube, mit einem Kleinwagen hätte ich alt ausgesehen. Das Auto war durch den Frontalzusammenstoß so kaputt, dass ein Weiterfahren unmöglich war.

Der Hirsch kam mir vor wie ein richtiges Kalb, ich habe noch nie solch einen riesigen Hirsch gesehen. Er schleppte sich, wie uns später mitgeteilt wurde, verletzt noch etwa 300 m in den Wald und wurde dort vom Förster erlegt. Zu jener Zeit gab es leider noch kein Handy und so mussten meine Kunden und ich etwa zwei Stunden warten, bis uns ein Auto in die nächste Ortschaft mitnahm, wo wir den Unfall melden und alles in die Wege leiten konnten. Und das alles nach 22.00 Uhr abends. Wieder einmal hatte ich Glück im Unglück!

Es gab auch lustige Tage im Büro, hauptsächlich um die Weihnachtszeit, wenn Geschenke an „Bedürftige" wie Bürgermeister, Stadträte, Architekten oder Baubehörden verteilt wurden, alles Leute, die man im Leben und im Geschäftsleben einmal gebrauchen konnte. Es handelte sich nicht um Bestechungen, es waren nur Kleinigkeiten wie Wein, Ledermappen, Bildbandbücher, Kochbücher. Von den Empfängern hörten wir immer, dass die Geschenke doch nicht nötig wären, doch abgelehnt hat selten einer. Je wichtiger die Person für das Geschäft war, umso kleiner wurde die Verpackung, der Inhalt jedoch wertvoller. Ich denke, das ist heute noch so, doch man spricht nicht darüber.

Im August 1973 besuchte uns unser Architekt aus München. Ich sehe ihn heute noch, wie er zu mir ins Büro gestürzt kam und von seinem Urlaub in Frankreich erzählte. Er meinte, dass er eine Möglichkeit gefunden hätte, richtig Geld zu verdienen. Er erzählte von seinem FKK-Urlaub.

Ich belächelte seine Euphorie, doch je mehr ich mich in den kommenden Tagen mit FKK beschäftigte, umso neugieriger wurde ich. Ich besprach diese neue FKK-Immobilien-Idee mit meinem Partner, doch dieser reagierte ablehnend und meinte, dass FKK unserer Firma nur schaden könne.

Mich ließ der Gedanke nicht los, zumal der Verkauf der anderen Objekte nachgelassen hatte. Zudem ließ mir der Architekt keine Ruhe und erzählte mir immer wieder, dass die Franzosen dort an Deutsche verkaufen würden, ohne dass deutsche Übersetzungen der Kaufverträge existieren. Die Verkäufer seien sogar so arrogant, dass, wenn Interessenten nach einer deutschen Übersetzung fragten, sie zur Antwort bekämen, dass es ihr Problem sei, wenn sie die französische Sprache nicht beherrschen würden. Reservierungen erlaubten sie nur für 12 Stunden.

Für mich klang alles sehr unwahrscheinlich und ich war bestrebt, mich persönlich zu informieren. Mir war bekannt: Ohne Empfehlung kam ich an die maßgebenden Leute nicht ran. Ich wusste, dass es FKK gab, doch eine Beziehung zur Freikörperkultur konnte ich mir nicht vorstellen. Nachfragen ergaben, dass ein gewisser Oskar Hörrle der Präsident dieser Organisation war und ich vereinbarte mit diesem Herrn einen Termin. Ich fuhr also nach Monsheim zur FKK-Zentrale Deutschlands und bei einem ausgiebigen Mittagessen bestätigte mir Herr Hörrle, dass die Aussagen des Architekten voll und ganz der Wahrheit entsprächen und er brachte seine Verwunderung zum Ausdruck, dass bis jetzt noch kein deutscher Immobilienmakler diese Marktlücke entdeckt habe. Bisher würde sich nur ein Großinvestor aus Frankfurt damit beschäftigen und am Mittelmeer in der Nähe von Port Leucate eine FKK-Ferienanlage erstellen. Mit roten Ohren und viel Optimismus fuhr ich heim und erzählte meinem Partner die Neuigkeiten. Dieser ließ sich jedoch ganz und gar nicht von dieser Idee überzeugen und war dagegen, nur weil bei diesem Geschäft FKK mit im Spiel war.

Nach mehreren Telefonaten hatte ich endlich den für dieses Objekt zuständigen Direktor an der Strippe. Erst, nachdem ich ihm erklärt hatte, welche Objekte von uns inzwischen schon abgewickelt worden waren, ich ihm alle Unterlagen über unsere Firma geschickt und er sich über unsere Auslandsimmobilien GmbH erkundigt hatte, war er zu einem persönlichen, unverbindlichen Gespräch bereit.

Wieder fuhr ich nach Frankfurt, diesmal mit unserem Hausjuristen. Bei diesem Meeting wurde uns bestätigt, dass der Frankfurter Investor in Port Leucate eine FKK-Ferienanlage mit Yachthafen und allem Drum und Dran plante – jedes Haus sollte eine Anlegestelle bekommen, alle Appartements verfügten über einen unverbaubaren Blick auf Port Leucate oder aufs Meer. Für mich war klar: Sollten nur 40 Prozent von dem stimmen, was mir der Investor erzählt hatte, dann war dies wirklich eine Marktlücke.

Nachdem das gegenseitige Abklopfen stattgefunden hatte, wurde vereinbart, dass wir uns alle 14 Tage zu einer Besprechung in Frankfurt treffen sollten. Die Grundstücksverhandlung war bereits voll im Gange. Die Provision und Lastenverteilung sowie die Aufgabengebiete waren abgestimmt. Das fertige Bauobjekt sollte aussehen wie eine Schnecke und wurde dementsprechend benannt, nämlich Le Cargo. Es wurde vereinbart, dass wir für dieses Objekt das Alleinverkaufsrecht bekommen sollten. Vorgesehen war, etwa 400 Wohneinheiten zu erstellen und unsere Investition sollte etwa 100.000 DM Werbungskosten betragen.

Wie besprochen, informierte ich den FKK-Präsidenten über unser Vorhaben und die momentane Entwicklung. Und ich informierte mich genauestens über die Gepflogenheiten und Wünsche meiner zukünftigen Kunden und studierte die FKK-Körperkultur, indem ich auch andere Objekte besichtigte. Ich musste mir klar werden darüber:

* Wer sind die Käufer?
* Wie arbeiten die Mitbewerber (Immobilienverkäufer in Cap d'Agde)
* Welcher Höchstpreis kann bei gewisser Leistung verlangt werden?
* Wie funktioniert die Finanzierung in Frankreich?
* Wie funktioniert der Wiederverkauf und welche Bestimmungen sind zu beachten?
* Wie sehen die notariellen Verträge aus?

Ich musste mir also unbedingt ein bestehendes FKK-Objekt in Frankreich ansehen, und zwar das bekannteste und dies, wenn möglich, bis ins kleinste Detail. Die damals bekannteste Ferienanlage war Cap d'Agde am Mittelmeer, die aus zwei Siedlungen, Port Nature und Heliopolis auf einer großen Parzelle bestand.

Ich benötigte natürlich einen Türöffner und dies konnte nur die DFK-Zentrale sein. Wir wurden per Fernschreiben bei den zwei Chefs dort als Repräsentanten vom DFK Deutschland angemeldet mit dem Auftrag, für den DFK Aufnahmen für ein neues Prospekt zu machen, was leider nicht der Wahrheit entsprach. Wir wollten nur schnüffeln und sehen, wie die Franzosen eine Anlage gestalteten und wie die Abwicklung funktionierte. Außerdem wollte ich Fotos vom Strand und den FKKlern bekommen.

Wir wurden von beiden Chefs der Anlagen sehr freundlich empfangen, obwohl sie sich wunderten, dass der DFK mit einer Werbeagentur und einem Kameramann anrückte und so sehr Interesse für das Objekt und die Immobilien zeigte. Wir erklärten, dass viele unserer Mitglieder am Erwerb solch einer Immobilie Interesse hätten und so bekamen wir die nötigen Informationen, die wichtig für unseren Hausanwalt und mich waren. Wir mussten feststellen, dass in Frankreich ganz andere Verkaufsvorschriften als in Spanien zu beachten waren; jedes Land hat eben andere Richtlinien für Grundbuch, Gewährleistung, Zahlungsbedingungen usw.

Die drei Tage, die wir in Cap d'Agde verbrachten, waren für mich besonders lehrreich und die aufwendige Fahrt mit Hausanwalt und Werbeagentur hatte sich gelohnt.

Wir fuhren von Cap d'Agde aus weiter Richtung Spanien und nahmen in Port Leucate das Gelände näher in Augenschein, um in Zukunft notwendige bauliche Veränderungen vornehmen zu können. Der Fotograf der Werbeagentur machte Aufnahmen vom Gelände und natürlich auch von Port Leucate und Umgebung. Wir besuchten Info-Büros und Reisebüros und nahmen alles mit, was für unseren Verkaufsprospekt zu gebrauchen war. Danach fuhren wir alle wieder gestresst und müde nach Hause.

Dass ich es nicht vergesse: Einen Zwischenfall hatten wir in Port Nature. Als wir am Strand Aufnahmen machten und gerade die Kameras einpacken wollten, kam eine Gruppe FKKler auf uns zu und fragten uns nach einer Genehmigung für das Fotografieren, die wir nicht hatten, doch wir konnten das Empfehlungsschreiben des DFK vorweisen. Ich weiß nicht mehr, warum ich vorher der Meinung war, dass alle Urlauber dort Franzosen seien – etwa 30 Prozent davon waren Deutsche.

Sie umringten uns mit ihrem FKK-Kostüm und befahlen uns allen, unsere Hosen auszuziehen. Ein Fluchtversuch war nicht möglich, wir hätten vielleicht Prügel bekommen und keine Chance, denn wir waren inzwischen von etwa 50 Urlaubern umringt. Also waren wir alle gezwungen, einen Striptease hinzulegen. Anschließend musste ich noch einige Flaschen Wein spendieren für die ungefragt gemachten Fotos und Interviews. Hätten wir die Fotos ohne Einverständnis genutzt, wäre uns dies bestimmt teuer zu stehen gekommen. So erhielten wir von einigen

Urlaubern, die wir fotografiert hatten, eine schriftliche Einverständniserklärung für die Veröffentlichung. Ich hatte wieder einmal Glück.

In Deutschland angekommen, widmete ich mich gemeinsam mit der Werbeagentur voll und ganz der Gestaltung des Prospektes für den Verkauf des neuen Objektes. Mitarbeiter-Besprechungen, Textgestaltung, Verhandlungen mit Reiseveranstaltern standen auf der Tagesordnung, denn das Objekt sollte gut vermarktet werden.

Wir waren voll beschäftigt und die Planung lief auf vollen Touren. Die Verträge mit dem Investor waren von unserem Rechtsanwalt zu unserer Zufriedenheit verfasst worden und von uns aus gesehen hätten wir, wie vorgesehen, am 15. Februar 1972 mit dem Verkauf beginnen können. Teils hatten wir schon längst schriftliche wie mündliche Zusagen, nur die Baupläne mussten noch einmal in Frankreich der Behörde vorgelegt werden.

In der ersten Februarwoche kam dann die Überraschung. Die französischen Umweltschützer hatten Einspruch eingereicht und sie hatten Erfolg. Angeblich sollten gerade in diesem Gebiet seltene Vögel brüten und im Herbst machen die Vögel dort – angeblich genau auf dieser Parzelle – auf dem Flug in ihr Winterquartier nach Afrika Zwischenstopp. Es wurden uns Fotos gezeigt, die diese Aussagen belegen sollten. Unsere ganzen Bemühungen waren umsonst gewesen, die ganze Arbeit von einem Jahr war kaputt und dazu noch viel, viel Geld.

Der Investor versuchte alles und trotz guten, sogar besten Beziehungen nach Paris war alles umsonst. Der Bürgermeister von Port Leucate kam nach Frankfurt, denn auch er hatte großes Interesse am Bau der Ferienanlage. Die Arbeitslosigkeit war im Ort war sehr hoch und der Tourismus und die Gewerbesteuer hätten der Gemeinde viel Geld gebracht.

Heute ist mir klar, dass nicht die Naturschützer das Objekt zu

Fall gebracht haben, sondern die Konkurrenz. Normalerweise gönnt in Frankreich ein Touristikunternehmen dem anderen nicht die Butter auf dem Brot, doch als diese erfahren haben, dass Deutsche mit einem Superobjekt kommen, waren sie sich einig und setzten alles in Bewegung, damit das Objekt nicht verwirklicht werden konnte und hatten Erfolg. Für uns war das schöne Objekt damit leider gestorben.

Komischerweise wurde Jahre später auf diesem Grundstück ein FKK-Gelände erstellt. Vielleicht nisten die Vögel jetzt woanders und haben einen anderen Stopp zum Winterquartier ausgesucht, doch so ist nun mal das Geschäftsleben. Zu dieser Zeit lernte ich zum ersten Mal, wie es uns Deutschen in Frankreich bei der Behörde ergehen kann, im weiteren Verlauf des Berufslebens habe ich in dieser Richtung noch einiges mehr erlebt, doch davon später.

Wie sagt man so schön: Der menschliche Geist kehrt, wenn er von einer neuen Idee gefordert wurde, nie mehr zu seiner Ausgangsposition zurück und das Schwerste an einer Idee ist nicht, sie zu haben, sondern zu erkennen, ob sie gut ist.

Ich wusste, dass ich eine absolute Marktlücke gefunden hatte und dass die Investition, die ich in das Objekt gesteckt hatte, sehr teuer, aber nicht umsonst für mich gewesen war. Die Idee der FKK-Immobilie hatte mich so überzeugt, dass es eine Sünde gewesen wäre, bei meinen Kenntnissen, die ich mir inzwischen angeeignet hatte, aufzugeben, denn was man nicht aufgibt, hat man nicht verloren.

Da ich ja noch den Kontakt zum DFK aufrecht hielt, war es nicht schwer, mit seinem Empfehlungsschreiben erneut bei der Direktion in Port Nature in Cap d'Agde vorzusprechen, diesmal den Immobilien-Mitverkauf betreffend. Ich hatte Glück, dass dort gerade ein Führungswechsel stattgefunden hatte, und zwar im Immobilien-Verkaufsbüro.

Mein Interesse lag an diesem Objekt, da zu jener Zeit Port Nature die schönste FKK-Ferienanlage in Europa war. Ein Besprechungstermin wurde mir zugesagt, was natürlich nur aus reiner Höflichkeit zum DFK-Verband geschah.

Mit unserem Hausanwalt und einem Dolmetscher, dem das Objekt nicht unbekannt war, fuhren wir nach Cap d'Agde. Im Verkaufsbüro von Port Nature wurden wir von einer Frau empfangen, die uns gleich höflich, aber sinngemäß zu verstehen gab: „Es ist schön, dass Sie gekommen sind, aber wir haben es nicht nötig, mit einer Immobilienfirma zusammenzuarbeiten, denn wir schaffen es ja so kaum, der großen Nachfrage gerecht zu werden. Den Hauptumsatz der Verkäufe leisten sowieso die deutschen Urlauber, die sich vor Ort zum Kauf entscheiden."

Aus vielen Gesprächen, die ich in Port Nature mit deutschen Urlaubern geführt hatte, konnte ich erfahren, dass das angrenzende FKK-Objekt Heliopolis mit der Konkurrenz Port Nature nichts zu tun hatte und dass die Zusammenarbeit der zwei FKK-Anlagen mehr schlecht als recht funktionierte.

Es stellte sich heraus, dass die Verkaufsdirektorin von Port Nature aus Stuttgart kam und mit einem Franzosen verheiratet war. Mit der Sprache hatten wir somit keine Probleme und ich konnte mein ganzes Verkaufstalent anbringen, das ich mir in den letzten Jahren angeeignet hatte. Als die Direktorin mich nochmals darauf ansprach und fragte, warum ich gekommen sei, da sie an eine Zusammenarbeit mit anderen Verkäufern nicht denke, sagte ich ihr, dass Heliopolis, ihre Konkurrenz, Interesse an einer Zusammenarbeit mit uns gezeigt hätten, da der Verkauf angeblich nicht so gut laufe wie in Port Nature.

Den Bluff konnte ich mir leisten, da ich wusste, dass keinerlei Kontakt zwischen den beiden bestand. Wir kamen weiter ins Gespräch, sprachen über ihr Leben, ihren Vater in Stuttgart und schließlich konnte ich ihr Prospektmaterial von allen Objekten zeigen, die ich bereits im Verkauf hatte. So schaffte ich es, einen ersten Besprechungstermin für den nächsten Tag zu erhalten.

Das Gespräch dauerte von 9 – 12 Uhr und wir vereinbarten, uns wieder ab 16 Uhr zu treffen und den Termin mit der Konkurrenz Heliopolis zu verschieben, den ich leider noch gar nicht hatte. Das Pokerspiel hat sich gelohnt, denn als wir ins Büro der Direktorin kamen, empfing sie uns gleich mit der Bitte, mit ihr nach Toulouse zu fahren und ihrem Boss dort unser Anliegen über den Mitverkauf in Deutschland vorzutragen.

Gern kamen wir diesem Wunsch nach und fuhren zu viert mit einem Mercedes-Sportwagen quer durch das Land nach Toulouse. Gegen Abend kamen wir dort an und wurden sofort vom Chef empfangen. Er erwartete uns hinter einem bulligen Schreibtisch und vor diesem waren schon vier große Ledersessel für uns bereitgestellt.

Als ich es mir in einem Sessel bequem machen wollte, bemerkte ich sofort, dass ich darin immer kleiner wurde. Ich musste also immer hochschauen. Mir fiel dieses Spiel aus der IOS-Zeit ein, es war ein alter Trick, denn der, der herunterschaut, kann so immer seine Überlegenheit zeigen. Bei mir klappte dies jedoch nicht. Als er, während er mit uns sprach, immer mit einer Spirale auf dem Tisch spielte, war mir klar, dass mir gegenüber ein ganz eingebildeter, arroganter Franzose saß. Ich stand auf und erklärte ihm, dass ich es gewohnt sei, mit meinem Gesprächspartner immer auf Augenhöhe zu sprechen. Er war von meiner Äußerung so überrascht, dass er einen total roten Kopf bekam, doch ich bekam einen anderen Stuhl und wir saßen uns dann auf Augenhöhe gegenüber.

Die Direktorin trug ihm unser Anliegen vor und entweder war er von meinen Verkaufsunterlagen oder meinem Auftreten so angetan, aber morgens um 3 Uhr kamen wir zu einem positiven Ergebnis. Ich stellte es so hin, dass er dem lieben Gott danken müsse, dass er solch eine internationale Immobilienfirma als Partner für sein Objekt in Deutschland bekäme, und zwar als Exklusiv-Verkäufer für vorerst 18 Monate. Ich dachte: So, jetzt sind wir im Geschäft. Und nach der Ausarbeitung des Vertrages waren wir nur noch happy.

Die ersten Kaufinteressenten kamen schon nach Schaltung der ersten Anzeigenwerbung, doch ich musste feststellen, dass von 100 vielleicht die Hälfte wirkliches Interesse am Kauf hatten, die anderen wollten nur die im Prospekt abgebildeten Nackten sehen. Es war für mich sehr schwer, durch Werbung die wirklichen Nudisten in Deutschland zu erreichen. Dies änderte sich schnell, als die Direktorin mir die Adressen der Urlaubsgäste von Port Nature gab, damit ich sie anschreiben und den Kauf der Ferienwohnungen anbieten konnte. Sie hatte dies noch nie getan, da ihr das Kaufinteresse derer genügte, die direkt ins Büro zu ihr kamen.

Das Bearbeiten der Adressen war mühselig, aber erfolgreich. Es genügte nicht, diese Menschen zu bequatschen. Es galt, sie dazu zu bringen, sich für einen Kauf dieser Immobilie zu interessieren und sie dazu zu bewegen, mit mir einen Besprechungstermin in ihrem Hause zu vereinbaren.

Leider mussten ich nach einer gewissen Zeit feststellen, dass meine Mitarbeiter nicht den richtigen Biss und die Einstellung für den Verkauf dieser Ferienimmobilie hatten, außer einem Bänker aus dem süddeutschen Raum, der auch erkannt hatte, dass die FKK-Immobilie eine Marktlücke war.

Mir wurde klar: So konnte es nicht weitergehen, denn ich war ja auch noch in der Schweiz und Italien tätig, und meine Familie zeigte mir schon die rote Karte und das nicht zum ersten Mal. Es war wieder wie zu Spaniens Zeiten, die Arbeit lastete allein auf meinen Schultern.

Nach dem Verkauf der ersten etwa 10 Objekten musste ich feststellen, dass die Versprechungen, die von dem französischen Partner gemacht worden waren, nicht eingehalten wurden.

Das Geld wurde nach Baufortschritt abgerufen, was meiner Meinung nach nicht gerechtfertigt war. Die Fertigstellungstermine wurden bei weitem überzogen. Einmal kam es vor, dass ein Kunde zur Bauabnahme nach Frankreich fuhr und feststellen musste, dass noch nicht einmal der Rohbau des Hauses fertig war. Dies gab natürlich richtig Ärger. Mein Partner in Deutschland, der dies natürlich auch mitbekam, war wie ich stinksauer auf die französischen Partner. Diese jedoch konnten überhaupt nicht verstehen, warum wir wegen der Terminüberziehung so viel Wind machten und entschuldigten sich damit, dass dies in Südfrankreich normal sei.

Mein Partner meinte jedoch daraufhin, dass wir es gar nicht nötig hätten, auf solch eine Geschäftsmanier einzusteigen und den guten Ruf unseres Hauses damit zu gefährden.

Auch mussten wir bei Bauabnahme feststellen, dass die Bauqualität laut der Baubeschreibung nicht der Wirklichkeit entsprach und unsere Kunden vorsätzlich aus reiner Gewinnsucht betrogen wurden, was ich mit Fotoaufnahmen belegen konnte. Zum Schluss konnten wir feststellen, dass die Gipserarbeiten das Beste an der ganzen Bauausführung war, von Schallisolierung oder ähnlichem keine Spur.

Im Sommer stellte sich heraus, dass der Badestrand viel zu klein für die vielen Urlauber war und eine Nachtruhe gab es auch nicht. Die ganze Nacht war laute Discomusik zu hören und die Autos fuhren bis in die frühen Morgenstunden im Gelände.

Es kam also eines zum anderen und nach einer kurzen Diskussion in Frankreich haben wir den Vertrag vorzeitig gekündigt. Es war auch besser so, denn dazu kam noch, dass unsere Käufer und Eigentümer im Grunde ohne viele Rechte waren, aber dafür umso mehr Pflichten hatten.

Nach dieser Episode wollte mein Geschäftspartner in Winnenden mit dem FKK-Immobilien-Geschäft nichts mehr zu tun haben, zumal man sich damals nicht offen zu FKK bekannte und nur hinter vorgehaltener Hand über FKK-Urlaub sprach. Mir jedoch war klar, dass diese Art von Urlaub im Kommen war und der Trend bestätigte mir das auch auf der Touristikmesse in Stuttgart.

Nachdem wir dort vier Tage unser FKK-Urlaubs- und Verkaufsangebot präsentierten, war uns schon das Prospektmaterial ausgegangen. Wir hatten nur noch die Dia-Show über unser Objekt anzubieten und das Interesse war so groß, dass die Sicherheitsbeamten und die Polizei uns aufforderten, die Show abzubrechen, weil kein Durchkommen mehr für andere Messebesucher war. Wir sammelten nur noch die Adressen der Interessenten.

Mit diesem Ansturm auf unseren Informationsstand hatten wir natürlich nie gerechnet und dies blieb natürlich auch dem anwesenden Rundfunk und der Presse nicht verborgen.

Einen Zwischenfall gab es trotzdem: Eine ältere Dame vom Südwestfunk Baden-Baden kam zu mir und fragte mich, ob ich für ein kurzes Informationsgespräch zur Verfügung stehen würde. Warum auch nicht? Werbung, die nichts kostet, ist immer gut und ich sagte selbstverständlich zu. Normalerweise werden die Fragen vorher kurz besprochen, aber diese Frau wollte direkt auf Sendung gehen. Es ging natürlich um FKK. Sie stellte mir so dumme und blöde Fragen, fast beleidigend, dass ich schon glaubte, sie käme aus einem Nonnenkloster.

Sie brachte den FKK-Gedanken immer wieder in Verbindung mit Sex. Dass es an einem FKK-Strand meist gesitteter zugeht als an einem Textilstrand wollte sie überhaupt nicht wahrnehmen. Ich versuchte, ihr zu erklären, dass der Astronom und Physiker Galilei Galileo schon ein Vorkämpfer des Naturismus gewesen war und schon zu jener Zeit schrieb: „Du wirst herausfinden, dass alle Menschen, junge und alte, das ganze Jahr nackt waren." Goethe und Graf Stolberg, die übrigens streng christlich erzogen waren, waren Nacktbadende. Der größte Vertreter des Naturismus war Michelangelo. Weltbekannt sind seine Fresken in der Sixtinischen Kapelle im Vatikan in Rom. Auch der amerikanische Präsident Roosevelt (1901 – 1909) bekannte sich dazu. Der richtige Aufschwung der Nudistenbewegung erfolgte unmittelbar nach dem 1. Weltkrieg. Im Jahre 1922 wurde in Stuttgart der Bund der Lichtfreunde gegründet. Oskar Heiler, der bekannte schwäbische Schauspieler, war lange in Stuttgart erster Vorstand. Auf Sylt wurde 1920 der erste Nacktbadestrand eröffnet.

Auf die Frage dieser Rundfunktante, ob auch Geistliche diese angebliche Sauerei mitmachen würden, konnte ich erwidern, dass Pfarrer jeglicher Konfession sogar eingetragene Mitglieder seien.

Sie wollte das, dies wurde mir bewusst, nicht glauben. Als sie den Besuchern an unserem Stand die Frage stellte, wer von ihnen nackt baden würde oder schon an einem FKK-Strand gewesen sei, musste sie feststellen, dass viele Hände in die Höhe gingen.

Ein Mann, der sich sogar mit Namen und Beruf am Mikrofon vorstellte, sagte ihr, dass er schon von Kindesbeinen an nur FKK-Urlaub mache und erzählte beiläufig, dass all seine Studenten wüssten, dass er ein Verfechter des Naturismus sei. Warum auch nicht, alle Menschen wären gleich.

Mit dieser Resonanz hatte die Frau aus Baden-Baden nicht gerechnet. Ein mir nicht bekannter Besucher bot nach der Life-Sendung der Rundfunktante eine Lehr- bzw. Informationsstunde bei einem Glas Wein an, was sie jedoch, wie erwartet, ablehnte.

Nach dieser Messe in Stuttgart wurde mein Optimismus bestätigt, dass ich richtig lag, doch gleichzeitig bedeutete dies das Ende als Geschäftsführer der Auslandsabteilung in der großen Immobiliengruppe. Mein Partner wollte mit FKK absolut nichts mehr zu tun haben und mir war bewusst geworden, dass, wenn ich diese Idee weiter und lukrativ ausbauen wollte, ich mehr Zeit dafür investieren musste. So also auch hier: Der Tag, an dem du eine feste Entscheidung triffst und an den Erfolg glaubst, ist ein Glückstag und so war das auch.

In den FKK-Kreisen hatte ich mir inzwischen einen Namen gemacht und zum DFK pflegte ich mittlerweile eine gute und freundschaftliche Beziehung. Auch zum Präsidenten, der mir schon vor einem halben Jahr gesagt hatte: „Manfred, mach dich fit, denn bald kommt was ganz Großes auf uns zu."

Da ich durch das Objekt Port Nature in Frankreich etwas schlauer geworden war, war ich nicht abgeneigt, ein neues, angeblich noch viel größeres Objekt in Augenschein zu nehmen.

Es war im Jahre 1975. Wieder mit einem Empfehlungsschreiben des DFK ausgestattet, flog ich nach Bordeaux, um mich dort mit dem damaligen Präsidenten der Firma Euronat zu treffen. Er empfing mich mit seiner Sekretärin und ihrem Mann, beide Österreicher und wohnhaft in Bordeaux. Die Firma Euronat hatte sich bereits genau über die Immobiliengruppe – die offizielle Trennung von dieser Firma erfolgte erst Ende 1976 – informiert und da wir in Finanzkreisen und bei den FKKlern einen guten Ruf hatten, wurde ich herzlich empfangen.

Die Erwartung war gegenseitig groß. Ich durfte natürlich nicht als Bittsteller auftreten, sondern musste mich so verkaufen, dass es für die Firma Euronat ein Glückstreffer war, mich als Verkäufer überhaupt zu bekommen. Wir fuhren gemeinsam in ein Hotel am Flughafen, wo uns noch weitere Herren erwarteten, alle in dunklen Anzügen, was ich in den folgenden Jahren nie mehr erlebt habe. Die Sekretärin, die auch dolmetschte, stellte mir alle vor: der Bürgermeister der Gemeinde Grayan, ein Herr aus Paris, ein ehemaliger Diplomat, ein ehemaliger Bauamtsleiter aus Bordeaux und ein Tiefbauunternehmer aus Vendays. Die Begrüßung war herzlich, doch mit dem nötigen Abstand. Nach der Vorstellung erklärte ich den Anwesenden, was die Firmengruppe und ich als Gesellschafter und Geschäftsführer in den letzten Jahren geleistet hatten. Interessant für die Herren war meine Erfahrung im Verkauf von FKK-Immobilien.

Ich bemerkte bald, wer von den Herren das Sagen hatte, sein selbstbewusstes Auftreten war mir schon bei der Begrüßung aufgefallen: Es war der Tiefbauunternehmer M. L. Dieser zeigte mir mit dem Bauamtsleiter die Pläne ihres Vorhabens und Luftaufnahmen, die das Gelände zeigten, auf dem das Objekt erstellt werden sollte.

Für mich grenzte dies schon an Größenwahn: Sie sprachen von einer Bebauung von etwa 1200 Einheiten. Ich ging davon aus, dass sie mir jetzt das Gelände zeigen würden, doch das war ein Schuss in den Ofen. Die Herren wollten zuerst einmal die Firmengruppe in Deutschland kennenlernen und dann erst die Entscheidung treffen, ob und zu welchen Bedingungen eine Zusammenarbeit möglich wäre.

Ich hatte ein sehr gutes Gefühl und mir war es recht, dass sie nach Deutschland kommen würden, um den eventuellen Partner kennenzulernen. Ich hatte nichts zu befürchten, denn erstens hatte ich in Deutschland keine Konkurrenz, zweitens stand hinter mir zu 100 Prozent die deutsche DFK-Föderation und drittens hatte ich mich von der ersten Minute an mit dem Präsidenten von Euronat, Hubert Lacroix, bestens verstanden.

Bei seinem Besuch in Deutschland gab ich ihm zu verstehen, dass ich an diesem Objekt nur Interesse hätte, wenn ich das Exklusivitäts-Verkaufsrecht für alle deutschsprachigen Länder bekommen würde, natürlich auch die Schweiz und Holland. Wir einigten uns darauf, dass wir in Frankreich die einzelnen Details näher besprechen und die Verträge aufsetzen würden.

Diesmal flogen wir zu dritt, ein Dolmetscher, unser Rechtsanwalt und meine Wenigkeit. Da der Rechtsanwalt und ich inzwischen schon viele Verträge geschlossen hatten, wussten wir schon, worauf es dabei ankam. Nur eines war uns beiden nicht klar: Wie kann man ein solch Riesenobjekt bebauen? Schließlich war das Grundstück 335 ha groß, es ist heute noch das größte FKK-Feriengelände in ganz Europa. Uns wurde unheimlich. Wir wurden am Flughafen Bordeaux von Hubert Lacroix persönlich abgeholt und fuhren nach Norden in Richtung Lesparre, weiter nach Montalivet und Grayan. Am Objekt angekommen, stand vor uns ein „Schlagbaum": ein Ast, der durch einen Stein nach oben gezogen wurde. Ein besserer Feldweg führte zum Strand. Links und rechts des Weges nur Kiefernwald, soweit das Auge reichte. In der Nähe des Strandes standen ein paar Wohnwagen.

Unseren Gesichtern war es anzusehen und auch Hubert Lacroix hatte es bemerkt: Wir waren von der Offerte enttäuscht. Er bot uns an, ein kleines Flugzeug anzumieten und uns das ganze Gelände von der Luft aus anzusehen. Gesagt, getan. Zur viert flogen wir eine halbe Stunde lang immer im Kreis über das zu erschließende FKK-Gelände Euronat, dem Rechtsanwalt wurde es dabei übel. Auch von oben aus der Vogelperspektive war nur Wald zu sehen.

Nach der Landung wurde zuerst einmal ausgiebig gespeist und Rotwein getrunken. Ich höre es heute noch, wie mein Rechtsanwalt während des Essens zu mir sagte: „Don Manfredo, es wäre klüger gewesen, wenn wir zwei Tage in Stuttgart auf die Rolle gegangen wären und uns amüsiert hätten."

Am selben Abend fuhren wir nach Bordeaux, erlebten die Stadt bei Nacht und waren erst um 3.00 Uhr im Hotel, obwohl wir am anderen Morgen ab 10.00 Uhr beim Frühstück die Einzelheiten für den Vertrag besprechen wollten. Ich traf mich jedoch schon um 8.00 Uhr mit meinem Rechtsanwalt, um vorher nochmals den Sachverhalt für uns zu klären. Meinen Rechtsanwalt hat fast der Schlag getroffen, als ich ihm erklärte, dass ich nach wie vor Interesse an der Vermarktung dieses Objektes hätte und, sofern von der Firma Euronat gewisse Bedingungen erfüllt würden, ich den Verkauf übernehmen würde.

Er hat sich den Mund fusselig geredet, um mich davon zu überzeugen, dass ich die Finger von diesem Objekt ließ, denn er glaubte absolut nicht daran. Trotz seiner eindringlichen Ermahnungen ließ ich nicht davon ab, ich wollte es wissen. Ich kann diese Entscheidung auch heute noch nicht erklären, es war für mich wie ein Lotteriespiel. Mir war bewusst, dass es länger dauern würde, dieses Objekt bekanntzumachen, und dass es mit viel Kosten für mich verbunden sein würde, doch am dritten Tag hatten wir uns zusammengerauft und den Vertrag so festgelegt, dass beide Seiten damit leben konnten.

Mir war klar, dass ich finanziell am Boden sein würde, sollte der Verkauf dieses Objektes nicht laufen. Ich hatte noch die Rückzahlung aus den Folgen des geführten Prozesses bezüglich des Grundstückes in Spanien zu leisten, und das war nicht wenig. Ich war unschuldig, doch es stimmte, was der Richter zu mir bei Gericht gesagt hatte: "Es bekommt nicht Recht, wer Recht hat, sondern es bekommt Recht, der dem lieben Gott am nächsten steht. Bei Gericht ist es wie auf Hoher See, man ist voll der Güte Gottes ausgesetzt."

Dazu ein Witz: Kurz vor einer Gerichtsverhandlung stürmt ein Mann in den Gerichtssaal und geht auf den Vorsitzenden zu mit den Worten: „Ihr Hund hat mich gebissen, ich erwarte 200 Euro Schmerzensgeld."

Der Vorsitzende gibt ihm das Geld.

Ein Kollege, der den Zwischenfall mitbekommen hat, sagt zu dem Vorsitzenden: „Du hast doch gar keinen Hund, warum gibst du ihm das Geld?"

Darauf antwortet der Vorsitzende: „Wer weiß, wie die Gerichte entscheiden!"

Doch ich sah auch eine Chance und wusste: Wenn es einigermaßen laufen würde, dann konnte es das Geschäft meines Lebens sein. Die Verträge wurden am 15. Juni 1976 im Büro von Euronat in Bordeaux im Beisein des damaligen Präsidenten, des Generaldirektors, M. Lacroix und meines Rechtsanwalts unterzeichnet.

In Euronat konnten die Kaufinteressenten zu diesem Zeitpunkt nichts sehen außer den im Zweiten Weltkrieg gebauten Bunkern, die auf den Dünen und am Strand standen, die alte Panzerstraße des Westwalls, einen wunderschönen, langen Sandstrand und viel Wald.

Das Verkaufsprospekt musste mit Hilfsmitteln gestaltet werden, also mit Strichzeichnungen der geplanten Häuser, mit Urlaubsfotos von anderen Geländen und mit Fotos vom Strand, Wald, Meer und der Umgebung von Euronat, beispielsweise den Weinbergen vom Medoc und Bordeaux.

Ich musste, da noch kein Musterhaus stand, den Interessenten eine Fata Morgana verkaufen, was bei den Deutschen sehr schwer ist, denn normalerweise wollen sie genau sehen, was sie kaufen. Doch ich hatte nichts vorzuweisen als eine kleine Bretterbude, die zu jener Zeit mein Büro in Euronat war.

Auf dem Bebauungsplan waren mehrere geplante Dörfer eingezeichnet:

* Dorf Europa - Mitte des Grundstückes
* Dorf Asien - Richtung Montalivet/Grayan
* Dorf Südamerika – Strandnähe links
* Dorf Afrika – Strandnähe links
* Dorf Nordamerika – Strandnähe rechts
* Dorf Ozeanien – Richtung Montalivet/Grayan

Mit dem Dorf Europa wurde begonnen. Von der Mittelachse, die von der Hauptstraße aus zum Strand ging, wurde mit dem Traktor einfach eine Spur in den Wald gefahren, angeblich genau nach Plan. Von diesem Weg aus sollten links und rechts die Häuser gebaut werden.

Als ich mit dem Verkauf der Ferienhäuser anfing, wurde im Dorf Europa ein Haus mit Spitzdach mit dem Namen Pyrenees gebaut.

Von der Sekretärin wurde mir mitgeteilt, dass ich vorerst in diesem Haus wohnen könne. Ende Juni 1976 reiste ich mit meiner Frau und unserem Sohn Martin an und, ich hätte es ja aus meiner Erfahrung in Port Nature wissen müssen: Das Haus stand noch im Rohbau. Was jetzt? Uns wurde ein alter Wohnwagen – heute würde man diesen auf dem Schrottplatz finden – zur Verfügung gestellt. Meine Frau war stinksauer und wäre am liebsten mit meinem Sohn wieder sofort heimgefahren, doch ich musste und wollte auch bleiben, trotz dieses miserablen Starts.

Die Interessenten, die ich noch von Port Nature und Port Leucate in Südfrankreich kannte, besuchten mich bald, leider mehr aus Neugierde als aus Interesse, das wurde mir bald bewusst. Der Anfang in Euronat war für mich so schwer, als wenn ich einem Eskimo einen Kühlschrank verkaufen wollte.

Die Werbung und die damit verbundenen Kosten liefen auf vollen Touren. Die Anzeigenwerbung während der Urlaubszeit hätte ich mir sparen können, ich hatte nicht beachtet, dass die Urlaubsreisen bereits gebucht waren bzw. sich die meisten schon im Urlaub befanden. So hoffte ich auf mein altes Klientel oder die Campingurlauber in der Umgebung.

Mein erster Kunde jedoch kam wider Erwarten auf eine Zeitungsanzeige hin, ein Lehrer aus der Freiburger Gegend. Mein Verkaufstalent - oder sein Gottvertrauen - brachten ihn zur Unterschrift des Kaufvertrages. Überzeugt davon, dass das bestellte Haus je gebaut werden würde, war er nicht, für ihn war es ein Roulette-Spiel. Trotz Optimismus gab es Stunden, in denen ich mich fragte, ob es richtig gewesen war, dieses Objekt zu übernehmen. Keiner konnte voraussehen, dass die Anfangsschwierigkeiten so enorm waren.

Im August regnete es nur einmal und das war fast immer. Der Präsident Lacroix, dessen Optimismus meinen noch übertraf, versuchte immer wieder, mich aufzubauen, doch manchmal musste auch ich ihn hoch ziehen. Im ersten Jahr verkaufte ich ganze sechs

Häuser, das Ergebnis lag weit unter dem Ziel, das ich mir gesetzt hatte. Ein Zurück gab es nicht, es gab nur noch „Augen zu und durch". Irgendwie glaubte ich immer noch daran, dass Hubert Lacroix und ich gemeinsam diese Hürde schaffen würden.

Die Preise für die zu verkaufenden Objekte lagen ohne Möbel damals zwischen 80.000 bis 100.000 DM. Wir hatten diverse Haustypen mit einer Größe von 45 – 60 qm im Angebot, alle waren Fertighäuser. 1978 kam noch der Haustyp „Rencontre" dazu, das war ein Haus mit vier Studios. Jedes Studio hatte einen eigenen Eingang und der Preis richtete sich danach, in welcher Himmelsrichtung die Terrasse stand. Natürlich war die Nordseite die preiswerteste, die Südseite die teuerste.

Da die deutschen Käufer ihre Einrichtung immer individuell gestalten wollten, ging ich auf die Wünsche ein, was sich später als falsch herausstellen sollte. In Zusammenarbeit mit einem Möbelfabrikanten aus Deutschland stellten wir nach Katalog ein Sortiment zusammen und die Kunden konnten daraus wählen. Nur eines war falsch an dieser Planung, denn die Lieferung war nur möglich bei einer Sammelbestellung von mindestens acht Einrichtungen.

Bei der ersten Bauabnahme gab es schon großen Ärger. Von der Firma Euronat war mir mitgeteilt worden, dass die Häuser fertiggestellt wären und somit die Restzahlung, die vereinbarungsgemäß nach Bauabnahme fällig ist, zu leisten sei. Ich fuhr daraufhin mit meinem Rechtsanwalt, der treuhänderisch für mich tätig war, nach Euronat, und zwar in Begleitung meiner Familie.

Die Möbelfirma wurde angewiesen, die Möbel zu liefern. Nach zwei Tagen kam der Möbelwagen an. Die Möbel konnten jedoch nicht alle aufgestellt werden, denn drei Häuser standen noch im Rohbau.

Der Möbellieferant war nicht bereit zu warten, bis auch diese Häuser fertiggestellt sind und es blieb uns nichts anderes übrig, als diese Möbel in den fertiggestellten Häusern unterzustellen. Zu allem Unglück waren die Häuser bereits vom DFK vermietet und die ersten Mieter wollten innerhalb einer Woche anreisen.

Was mich zur Weißglut brachte, war die Art und Weise, wie gearbeitet wurde. Die Bauarbeiter arbeiteten nicht schneller, obwohl sie in Bauverzug waren, hielten ihre Mittagspause ein und machten pünktlich Feierabend. Mein großes Donnerwetter änderte nichts, es war zum Verrücktwerden.

Es half alles nichts, wir mussten selbst Hand anlegen. Zum guten Glück waren zwei Bekannte von mir vor Ort. Ein Bauingenieur aus Winnenden, der mein Haus gebaut hatte und mit seiner Familie Urlaub in Euronat auf dem Campingplatz machte, dann war noch ein Architekt aus der Pfalz anwesend, der einer meiner ersten Kunden gewesen war. In der Mittagspause und nach Feierabend der Bauarbeiter gingen wir vier, meine Frau half auch mit, auf den Bau, legten Wasser- und Stromleitungen und montierten, soweit es möglich war, die Möbel zusammen, denn alle Möbel waren in Einzelteilen in Kartons verstaut, ähnlich wie bei Ikea. Morgens, wenn die Arbeiter kamen, machten wir vier Feierabend. So vergingen diese fünf Tage und Nächte.

Die Möbel mussten, auf den Anhänger geladen, mit dem Traktor an die noch nicht fertigen Häuser gebracht werden. Beim Auf- und Abladen halfen auch meine Frau und die Frau des Architekten aus Winnenden. Die Küchenschränke schraubten wir, teils nagelten wir sie auch an die Wand – in einem Haus hängen sie heute noch. Der Präsident Hubert Lacroix war leider nicht zu erreichen, denn er befand sich, wie man mir sagte, auf seinem Motorboot auf hoher See.

Als die ersten Feriengäste eintrafen, waren die Häuser bezugsbereit, im letzten wurde genau eine Stunde vorher alles fertig montiert und der Urlauber kam, als das letzte Fenster geputzt war. Er musste über eine Holzdiele ins Haus, da vor dem Haus die Schächte noch frei lagen, doch den Urlauber störte dies nicht.

Wenn die Sekretärin nicht anwesend war, wurde die Sprachbarriere oft durch Toni überbrückt, einem alten U-Bootfahrer, der nach dem Krieg im Medoc hängengeblieben war und in Euronat den bekannten Schlagbaum bediente, heute würde man dazu Eingangsschranke sagen. Bei den Kindern hieß Toni „das grüne Männchen", denn er war stets mit einem grünen Trainingsanzug bekleidet. Leider hatte der liebe Kerl einen „Sprachfehler": Beim Alkohol konnte er nie nein sagen.

Zu meinen ersten Käufern zählten vier Lehrer, ein Kleiderbügelfabrikant, ein Fahrlehrer, zwei Zahnärzte und ein Rechtsanwalt. Anfang 1977 glaubte ich, den Durchbruch geschafft zu haben, nachdem mein Partner und ich uns in gegenseitigem Einvernehmen getrennt hatten – er wollte einfach nichts mehr mit FKK zu tun haben.

Im DFK-Journal war ein großer Bericht über das neue FKK-Gelände im Medoc veröffentlicht worden, in dem erzählt wurde, was dort bereits gebaut worden war und was alles noch kommen sollte. Dieser Artikel trug auch dazu bei, dass sich viele auf eine Zeitungsanzeige hin meldeten und neugierig auf dieses FKK-Gelände an der französischen Atlantikküste waren.

Ich charterte ein Flugzeug in Stuttgart und flog mit drei Kaufinteressenten nach Frankfurt, um dort noch weitere sieben abzuholen. Die Fluggäste wurden von uns gut bewirtet und wir landeten abends in Bordeaux, wo wir auch übernachteten.

Am nächsten Tag wurden wir mit drei Autos abgeholt und nach Euronat gefahren. Ich war sehr aufgeregt auf die Reaktion der Kaufinteressenten, denn wie schon gesagt, es gehörte viel Vertrauen dazu, hier zu investieren.

Inzwischen gab es aber schon eine Straße und ein kleines Lebensmittelgeschäft, einen kleinen Tante-Emma-Laden. Noch heute existiert dieses inzwischen etwas größere Geschäft und es wird von der damaligen Besitzerin Madame Mimi geführt. Es ist das einzige Geschäft in Euronat, das in den vielen Jahren den Besitzer noch nicht gewechselt hat.

Ich hatte Glück, alle, die an diesem Flug teilgenommen haben, sind auch Eigentümer geworden, besser gesagt, Erbpächter, denn die Häuser konnten nur auf Erbpacht erworben werden.

Dem Präsidenten war nicht entgangen, dass ich alles Mögliche tat, weder Kosten noch Mühe scheute, und mich persönlich voll einsetzte, um das Objekt zu veräußern. So akzeptierte er, dass ich nicht mehr für die Immobiliengruppe arbeitete, sondern für meine eigene Firma Manfred Strässer Immobilien & Touristik GmbH Winnenden. Der Vertrag wurde dementsprechend geändert. Inzwischen hatte Euronat eine neue Sekretärin, auch eine Deutsche, verheiratet mit einem Franzosen.

Nach dem großen Ärger, den wir durch die Bauverzögerung hatten, bat ich den Präsidenten, mir eine Vertrauensperson zu benennen, die mir den jeweiligen Baubestandsbericht ehrlich mitteilen würde. Er schlug dafür die Sekretärin vor und wir arbeiteten auch gut zusammen. Natürlich zeigte ich mich ihr gegenüber inoffiziell erkenntlich, sie bekam ab und zu von mir einen Extrabonus.

Es lief alles gut bis zu diesem Tag, als das große Fiasko kam, das uns alle den Boden unter den Füßen wegriss. Von der Behörde, dem Baurechtsamt in Bordeaux wurde die Kanalisation beanstandet, und zwar das Schmutzwasser. Mir wurde von Euronat zugesagt, auch von Hubert Lacroix, das Problem in ein paar Wochen zu beseitigen.

Ich glaubte dies gern und ging ruhig meiner Arbeit weiter nach: Ich verkaufte Häuser und wurde von einer auf die andere Woche vertröstet. Da die Häuser, die ich verkauft hatte, jetzt nicht gebaut werden konnten und somit auch nicht für die Vermietung zur Verfügung standen, musste ich die Kunden informieren, alle Kaufverträge stornieren und die Anzahlung, die von den Kunden bereits geleistet worden war, wieder zurückbezahlen. An die Mitarbeiter, die an dem ganzen Desaster genauso unschuldig waren wie ich, musste ich die vereinbarte Provision natürlich trotzdem entrichten.

Von den Herren der Firma Euronat kam weiterhin die Zusage, dass alles bald wieder ins Laufen kommen würde und ich doch noch etwas Geduld haben solle. Ich hatte schon Monate Geduld, ein ganzes Jahr Arbeit war für die Katz und ich konnte es mir daher schon finanziell nicht leisten, noch länger zu warten. Dazu kam noch, dass mein ehemaliger Partner, von dem ich bei der deutschen Immobiliengesellschaft ein Haus gekauft hatte, mit der Zusage, die Zahlungen zu leisten, wie es mir möglich war, auch auf die Restzahlung bestand. Der Darlehenszins betrug zu jener Zeit über 10 Prozent.

Es kam alles zusammen, und zwar knüppelhart. Mir war klar, dass niemand von meinem Misserfolg erfahren durfte, denn mir war bekannt, dass man, wenn es einem schlecht ging, schuldig oder unschuldig, von den anderen zusätzlich noch in den Boden getreten werden würde. Ich suchte jetzt zusätzlich eine Arbeit, bei der ich jederzeit wieder umschwenken konnte, denn im Stillen hatte ich immer noch Hoffnung und glaubte auch noch an das Objekt Euronat.

Nach langem Suchen fand ich auch wieder ein Objekt, und zwar in Limone am Gardasee in Italien. Es war eine große Appartementanlage auf einem Berg mit einem schönen gepflegten Restaurant, einem Schwimmbad und das Schönste war der Blick hinunter zum Gardasee. Der Besitzer dieser Anlage war eine holländische Finanzgruppe. Die Appartements waren alle bereits fertiggestellt.

Dieses Objekt wurde mir von einem Banker aus dem süddeutschen Raum angeboten, einem Freund, der mir schon für Mar de Cristal und Cap d'Agde Kunden vermittelt hatte. Gerhard, so hieß er, war ein richtiger Immobilienprofi. Er hatte den Vorteil, dass er viele Landwirte kannte, deren Ackerland teils zu Bauplätzen wurden und die somit zu „übrigem" Geld kamen. In den Verkaufsgesprächen ergänzten Gerhard und ich uns hervorragend und es war eine Freude, mit ihm zu arbeiten.

Es blieb mir nichts übrig, als mein letztes Geld für Werbung auszugeben, denn für ein neues Objekt mussten Kontakte geknüpft werden, denn wie sagte schon Henry Ford: „Wenn du einen Dollar investierst, halte einen zweiten bereit, um es bekanntzumachen."

Um wieder Geld zu verdienen, war ich mir für keine Arbeit zu schade. Ich nahm Kontakt mit meinem früheren Reiseleiter Mike auf, der am Drackensteiner Hang einmal vom fahrenden Bus springen wollte. Er war inzwischen Manager bei einem großen Omnibusunternehmer und ich fragte ihn, ob er nicht einen Aushilfsfahrer gebrauchen könnte. Den Chef dieses Unternehmens kannte ich auch schon aus besseren Zeiten. Mike war erstaunt und konnte sich nicht vorstellen, warum ich als Omnibusfahrer arbeiten wollte. Ich gab ihm zur Antwort, dass ich meinen Busführerschein behalten wolle und dafür den Behörden gegenüber eine Fahrpraxis nachweisen müsse. Den wirklichen Grund – meine Geldnot – erfuhr von mir niemand und da ich immer noch einen großen Mercedes fuhr, hatte auch niemand Zweifel.

In Wirklichkeit stand mir das Wasser bis zum Halse. Meine Frau hatte glücklicherweise einen Job als Kindergartenhelferin bekommen und da mein Sohn diesen Kindergarten besuchte, konnte sie voll arbeiten und somit zum Lebensunterhalt beitragen.

Die Werbung für das Objekt „Limonaia" in Limone hatte mehr Erfolg als erwartet. Ich suchte in ganz Deutschland die Interessenten auf, um sie für einen Besichtigungsflug zu motivieren. Da jedoch die Flugverbindungen nicht gut waren, entschloss ich mich, die Besichtigungstour mit dem Omnibus durchzuführen. Innerhalb von 14 Tagen hatte ich den Omnibus voll. Wie früher war ich auch diesmal darauf bedacht, dass jeweils der Ehepartner dabei war. Die ersten Gäste stiegen am Frankfurter Hauptbahnhof ein, die anderen in Heilbronn, Stuttgart und Tübingen. Der Omnibus war bis auf den letzten Platz besetzt.

Der Omnibus wurde mir zum Selbstkostenpreis zur Verfügung gestellt, da ich ja für diese Firma tätig war. Der Fuhrparkleiter stellte mir einen großen Bus mit der Nummer 91 für die Fahrt nach Limone zur Verfügung. Morgens um 2.00 Uhr holte ich den Bus vom Omnibus-Parkplatz ab, auf dem an jenem Freitag ca. 150 Busse standen. Die Schlüssel für die jeweiligen Busse waren immer an der gleichen Stelle versteckt. Ich holte mir den Schlüssel, füllte die Tachoscheibe mit meinem Namen aus und fuhr los, ohne mir das Fahrzeug näher anzusehen. Als ich in Frankfurt ankam bemerkte ich zu meinem Schrecken, dass ich nicht mit dem Bus 91, sondern mit dem Linienbus 191 unterwegs war. Normalerweise werden die Linienbusse immer auf einem anderen Parkplatz abgestellt und ab 3.00 Uhr morgens gewaschen. Ein Aushilfsfahrer hatte aus Versehen den Linienbus 191 auf den Parkplatz des Busses 91 abgestellt.

Doch es war mein Fehler, ich hätte vor Fahrtantritt die Papiere richtig überprüfen müssen. Ich fuhr somit keinen Luxusbus, sondern einen vier Jahre alten Linienbus. In Frankfurt hatte ich noch Zeit und nutzte diese, den Bus innen einigermaßen zu säubern. Ich leerte Aschenbecher, putzte Fenster und das mit Anzug und Krawatte. Da es in Frankfurt, als die ersten Gäste einstiegen, noch dunkel war, sah niemand, dass der Omnibus außen total verschmutzt war. In Heilbronn war es schon etwas heller, doch keiner der Gäste bemerkte den Schmutz.

Während der ganzen Fahrt überlegte ich fieberhaft, wie ich es anstellen musste, den Bus, der in den Autopapieren als Linienbus ausgewiesen war, über die Grenze zu bringen. Ich erzählte Gerhard, der mit seinen Interessenten in Tübingen eingestiegen war, mein Missgeschick.

An der Grenze angekommen, zog ich einen Arbeitsmantel an, den ich im Bus vorfand und auf dem groß das Logo des Busunternehmens zu sehen war, und ging zusammen mit Gerhard zu den Zöllnern. Die Autopapiere befanden sich in der Tasche, die auch mit dem Firmenlogo gekennzeichnet war.

Mein Glück war, dass an diesem Samstag viele Omnibusse die Grenze passieren mussten und den Zöllnern das Reiseunternehmen schon bekannt war. Ich kramte in der Tasche nach den passenden Papieren, die für den Grenzübergang benötigt wurden und beschuldigte Gerhard, er wiederum beschuldigte mich, und so miteinander in ein Streitgespräch verwickelt, legten wir die vorhandenen Papiere dem Zöllner vor.

Die Omnibusfahrer hinter uns fingen schon an zu murren, weil es bei uns so lange dauerte, denn sie wollten ja weiterfahren. Ich gab dem lieben Zöllner die Personenzahl bekannt und er drückte seinen Stempel auf das Papier. Wir konnten, nass unter dem Arm, weiterfahren. Dieses Spiel funktionierte auch beim italienischen Zoll. Am späten Abend erreichten wir bei herrlichstem Wetter das Feriendorf Limone.

Die letzten 400 Meter mussten die Kunden zu Fuß gehen, denn ich musste hier wieder, wie schon einmal gehabt, mit dem leeren Bus an den Kurven mit der Vorderachse über die Absperrung fahren, um das Ziel zu erreichen. Das Abendessen stand schon bereit und die Fahrgäste konnten essen und trinken, so viel sie wollten, sie waren Gäste des Verkäufers.

Am nächsten Morgen ging es los mit dem Besichtigen und den Verkaufsgesprächen. Ein Rechtsanwalt, den ich den Interessenten schon im Omnibus vorgestellt hatte, klärte juristische Fragen und verkündete dabei lauthals, dass er und seine Mutter auch stark an dem Erwerb dieser Immobilie interessiert seien.

Dies vermittelte den Interessenten Vertrauen, denn wenn ein Jurist hier kaufen wollte, musste ja alles in Ordnung sein. Einigen der Tübinger Kaufinteressenten war der Anwalt bekannt. Der Rechtsanwalt war hier in Limone mein erster Kunde. Die Gäste schauten sich die Appartements genau an und stellten sich bei Gefallen gleich an die Türe, um zu sagen: Das gehört mir.

Gerhard und ich waren damit beschäftigt, die Kaufverträge auszufüllen und wir schafften es, insgesamt 13 Wohneinheiten zu verkaufen. Leider hatten wir später zwei Stornierungen zu verzeichnen, doch damit muss immer gerechnet werden.

Am Sonntagnachmittag, nachdem noch offene Fragen und Sonderwünsche geklärt waren, traten wir die Heimreise an. Die Gäste gingen gern die ersten paar 100 Meter zu Fuß und schauten zu, wie ich wieder das Spiel „Vorderachse/Hinterachse vor und zurück" meisterte und waren beeindruckt. Sie wussten jetzt, dass der Fahrer sein Fahrzeug beherrschte und konnten dann beruhigt einsteigen und sich ihm anvertrauen.

Während der Fahrt bemerkte ich plötzlich, dass der Motor bockte und das vor einem Tunnel. Nach der Tankuhr hätte der Tank noch ein Viertel voll sein müssen. Als wir mitten im Tunnel waren, blieb der Motor stehen. Ich drückte die Kupplung und Gott sei Dank hatte die Straße ein leichtes Gefälle, so dass ich den Bus langsam Richtung Tunnelausgang rollen lassen konnte. Die Blinkanlage hatte ich eingeschaltet. Ungefähr 70 m vor dem Ausgang blieb der Bus jedoch endgültig stehen. Gerhard und noch ein paar Mitreisende stiegen schnell aus dem Bus und schoben die Kiste aus dem Tunnel. Ich hatte Glück, am Tunnelausgang befand sich ein Parkplatz, den wir mit Hilfe der Mitreisenden ansteuern konnten.

Nach längerer Fehlersuche wurde mir bewusst, dass die Tankuhr nicht richtig anzeigte, wie viel Sprit noch im Tank war, denn an der Einspritzpumpe kam kein Diesel an. Als wir damit beschäftigt waren, die zwei Reservekanister mit je 10 Litern in den Tank zu füllen, kam die Polizei angefahren. Ich erklärte, dass wir ein kleines Problem mit der Einspritzpumpe hätten, doch dass alles wieder in Ordnung sei. So war es auch, ich startete und der Bus lief ohne Probleme an. Wir konnten die Fahrt fortsetzen. Dass die Tankuhr der Verursacher war, bestätigte sich dann an der nächsten Tankstelle.

Da die Appartements bereits fertiggestellt waren, kam ich zum Glück auch bald in den Genuss meiner Vermittlungsprovision. So konnte ich, zum Erstaunen meiner Kreditbank, einigermaßen schnell mein Darlehen tilgen. Der größte Fehler, den Gläubiger machen, ist, den Kreditgeber hängen zu lassen. Wenn die Rückzahlung nicht termingerecht erfüllt werden kann, sollte immer versucht werden, mit den maßgebenden Leuten zu sprechen und die Situation zu erklären, denn auch Bankangestellte sind Menschen, mit denen man sprechen kann.

Zwei Wochen später fuhren wir wieder mit einem Bus nach Limone, dieses Mal jedoch mit einem Luxusbus. Auch diese Fahrt war für mich und die Bank von Gerhard erfolgreich und nach ein paar Wochen waren die Häuser dieser Ferienanlage beinahe verkauft, denn nachdem wir den Verkauf angeleiert hatten, lief auch der Verkauf vor Ort optimal. Leider bekam ich davon keine Provision.

Der Aufwand mit Limone und anderen kleinen Objekten hatte sich für mich gelohnt. Zwischendurch hatte ich auch Kunden für Flims und Disentis in der Schweiz. Diese Kunden kamen auf Empfehlung aus der Zeit, als ich noch Geschäftsführer der Auslandsimmobilien in der Immobiliengruppe gewesen war. Von damals kannte ich auch einen schwäbischen Bauträger aus Waiblingen, der in der Schweiz Großobjekte baute, und zwar hauptsächlich in Genf. Seine Bauobjekte waren nicht für jedermann, er verkaufte in der Hauptsache nur an Großkunden, beispielsweise an Versicherungen oder andere in dieser Größenordnung. All seine Häuser waren Steuerabschreibungsmodelle.

Durch Zufall und Empfehlung lernte ich einen Kunden kennen, der am Kauf eines ganzen Häuserblocks interessiert war. Nach mehreren Telefonaten kam es endlich zu einem Kontaktgespräch, er wollte mich persönlich kennenlernen, und zwar in meinem Büro. Er konnte ja nicht wissen, dass mein Büro nur 12 qm groß war und sich im Keller unseres Wohnhauses befand.

Es war vereinbart, dass ich ihn am Stuttgarter Hauptbahnhof abhole. Sein Erkennungsmerkmal: Melone und Regenschirm. Genau wie ich ihn mir vorgestellt hatte, stand er vor mir. Ein sehr gepflegter Herr, groß und schlank, gut gekleidet mit einem dunklen Zweireiher und englischen Schuhen. Alles passte perfekt zusammen. Ich fuhr ihn in unser bescheidenes Heim. Wir wollten ihn mit unseren leckeren, gegrillten Steaks verführen, doch wie es meistens so ist: Die Steaks missglückten total, sie waren nicht wie sonst schön saftig, sondern hart wie Leder. Wenigstens waren der schwäbische Kartoffelsalat und die Blattsalate gelungen. Wir hatten trotzdem - oder vielleicht gerade deswegen - viel Spaß und unser vornehmer Gast war von meiner Familie so angetan, dass wir ein paar Tage später schon in seinem Auto nach Genf fuhren, um das Objekt zu besichtigen.

Dort empfing uns der Bauherr und zeigte uns die noch zum Verkauf stehenden 22 Wohnungen, alle sozialer Wohnungsbau und steuerbegünstigt. An den Wohnungen war nichts auszusetzen, Lage und Preis stimmten. Es kam zum Kaufabschluss.

Es war vereinbart worden, dass der Käufer 1,5 Prozent der Kaufsumme an mich bezahlte, die restliche Provision sollte ich von dem Verkäufer direkt erhalten. Bei „sollte" blieb es beinahe drei Jahre, erst durch Androhung aller mir zur Verfügung stehenden Mittel und durch Mithilfe erhielt ich meine Provision. Auch seine Mutter, die noch in Waiblingen wohnhaft war, setzte sich dafür ein, dass er seine Schulden an mich tilgte. Der Vertrag mit unserem Kunden aus Baden-Baden wurde ordnungsgemäß und zu aller Zufriedenheit abgewickelt.

Obwohl alle Objekte, die ich nach dem Baustopp in Euronat abgewickelt hatte, gut verlaufen waren, hatte ich im Hinterkopf immer noch das FKK-Feriengelände als Wunschobjekt, denn irgendwie glaubte ich immer noch daran, dass ich mit der Idee der FKK-Immobilien auf der richtigen Spur war.

Damit der Kontakt zu unseren Euronat-Interessenten nicht ganz verloren ging, organisierte ich eine Osterreise mit dem Omnibus in das damalige Jugoslawien. Allen FKKlern, deren Anschrift wir hatten, bot ich diese Reise an. Das günstige Angebot weckte Interesse und es meldeten sich mehr an als erwartet, sodass ich bei meinem Bruder sogar einen Doppeldecker-Bus mit Fahrer anmieten musste.

Als Ankunftszeit im Hotel war 22.00 Uhr geplant, doch da lagen wir total daneben, denn nach München wurden wir vom Schnee überrascht und waren gezwungen, einen Gang herunterzuschalten. Wir kamen also nur langsam voran, denn auch der Fahrer hatte die Ruhe weg und fuhr, so war meine Ansicht, viel zu langsam. Bis meine Geduld am Ende war und ich das Lenkrad in die Hand nahm.

Nach Split musste ich viele Landstraßen und oft unter Brücken fahren, die nicht immer die Höhe des Busses zuließen, sodass ich mehrmals den Bus tiefer setzen musste - diese Möglichkeit bestand.

Da im Oberdeck ein Bekannter von mir saß, der mir alle Hindernisse mit dem Bord-Telefon nach unten meldete, musste ich die Geschwindigkeit nicht drosseln und konnte vertrauensvoll die Fahrt fortsetzen.

Gegen 3 Uhr morgens kamen wir müde und hungrig im Hotel an. Abendessen gab es verständlicherweise keines mehr und die sehr hungrigen Gäste mussten sich mit unserem Bord-Essen, Würstchen, zufrieden geben.

Wir waren die ersten Hotelgäste in diesem Jahr und es roch ziemlich muffig, doch wir waren alle froh, das Ziel endlich erreicht zu haben. Am nächsten Tag wurde gelüftet und geheizt und es gab keinen Grund mehr für Beanstandungen.

Unser Ausflug mittags auf die Insel Hvar führte uns einige Kilometer zurück auf der Strecke, die wir nachts gefahren waren. Jetzt war ich ganz schön geschockt, denn ich musste feststellen, dass dies eine äußerst gefährliche Route war. Die Äste der an der Straße stehenden Bäume hingen sehr tief herunter und der Fahrer musste den Bus tiefer legen, damit sie nicht das Oberdeck streiften. Auch die Unterführungen waren für einen Doppeldecker-Bus nicht geplant, es war Millimeter-Arbeit, dort durchzufahren.

Als ich meinen Bekannten darauf ansprach, warum er mich auf diese Gefahren nicht aufmerksam gemacht hatte, gestand er mir, dass er leider eingeschlafen war. Unvorstellbar, was hätte passieren können, wenn die Äste das Oberdeck gestreift hätten und das Dach beschädigt worden wäre. Schließlich saßen 25 der Gäste im Oberdeck. Wieder einmal Glück gehabt! Wir verbrachten eine wunderschöne, interessante Osterwoche und die Rückfahrt verlief ohne Komplikationen.

Ich hörte immer wieder von neu eröffneten FKK-Ferienanlagen. Dies ließ mir keine Ruhe und ich fuhr alle im Bau befindlichen Objekte an. Ich war in Holland und besichtigte eine Anlage direkt am Meer. Das Objekt gefiel mir sehr gut und ich hätte mit dem Verkauf sofort beginnen können, doch die vertraglichen Einschränkungen für meine Käufer sagten mir absolut nicht zu.

Nach langem Suchen fand ich ein Objekt in Frankreich, und zwar in der wunderschönen Provence, in Belezy.

Die Bauausführung der   Appartements war im maurischen Stil, sehr schöne Grundrisse, doch eines störte mich wahnsinnig: die dichte Bebauung. Ein Haus befand sich dicht neben dem anderen. Der Nachbar konnte immer riechen, was bei seinem Nachbarn gekocht wurde. Also kein Vergleich mit Euronat, wo jedes Grundstück über etwa 500 qm und die Studios über 125 qm verfügten. Trotzdem setzte ich einen Verkäufer vor Ort ein. Dieser fuhr mit seinem Luxus-Reisemobil an den Ort. Das Reisemobil hatte er sich bestimmt von seinem Schwager geliehen, denn er, ein früherer Bauunternehmer, war in Konkurs gegangen und das durch seine eigenen Fehler, denn er hatte seine Immobilien unter Preis verkauft und zudem wie die Made im Speck gelebt. Er war für mich kein unbeschriebenes Blatt, denn ich kannte ihn schon aus meiner Zeit bei der Immobiliengruppe. Normalerweise hätte es bei ihm, ausgestattet mit Abitur und Diplom, nie so weit kommen dürfen, doch wie man sieht, hat Erfolg nichts damit zu tun.

Er hatte ein sicheres Auftreten und ich wollte ihm eine Chance als Verkäufer für mich geben. Wir fuhren gemeinsam zu dem Verkaufsobjekt in die Provence, ich in dem Glauben, einen guten Verkäufer gefunden zu haben, denn er beherrschte auch die englische und französische Sprache perfekt.

Der Chef des FKK-Objektes, ein ganz netter und auch gebildeter Mann, ging auf all meine Wünsche ein und wir trennten uns in bestem Einvernehmen. Ich flog zurück nach Stuttgart und mein Verkäufer Peter blieb vor Ort zurück, nachdem er mir versichert hatte, diese 45 Wohneinheiten ohne Probleme in ein paar Wochen zu verkaufen.

Bei diesen Worten blieb es dann auch, denn es war nicht möglich Häuser zu verkaufen, wenn man bis morgens in der Kneipe saß und als Alleinunterhalter Saxofon spielte. Das beherrschte er professionell. Am Telefon erzählte er mir immer, dass er gute Anbahnungen habe, die demnächst zum Abschluss kommen würden, doch es kam nichts. Nach einiger Zeit wurde ich ungeduldig und entschied mich, unangemeldet nach dem Rechten zu sehen, frei nach dem Motto: Vertrauen ist gut, Kontrolle ist besser.

Der Chef der Anlage, den ich zuerst aufsuchte, klärte mich dann über die wirkliche Tätigkeit meines Verkäufers auf. Jetzt konnte ich gut verstehen, aus welchem Grund er pleite gegangen war. Ich beendete die Zusammenarbeit mit ihm und löste auch den Vertrag mit dem Chef der Anlage auf. Peter hat heute eine bekannte Jazzkapelle, die weit über die Grenzen Baden-Württembergs bekannt ist. Er hat seinen Weg gefunden. Wieder einmal hieß es: außer Spesen nichts gewesen.

Beim DFK in Deutschland gab es inzwischen auch eine Veränderung: Der bisherige Präsident wurde abgelöst, der neue Präsident kannte mich schon namentlich, denn die Geschichte mit Euronat war auch ihm nicht verborgen geblieben. Eines Tages rief er mich an und berichtete mir, dass in Südspanien in der Nähe von Marbella eine neue FKK-Anlage direkt am Mittelmeer entstehen würde. Der erste FKK-Park in Spanien! Die Appartements standen schon im Rohbau, das Schwimmbad war im Bau und mit den Bepflanzungen war auch begonnen worden. Wichtig war vor allen Dingen, dass die Bauträger Franzosen waren, die den Flughafen in Orléans gebaut hatten. Dann gab es noch einen Spanier, der mit dem Königshaus verwandt war, und einen, der mich angeblich aus meiner Zeit in Mar de Cristal kannte.

Der DFK-Präsident schickte, wie so üblich, an die Finanzgruppe ein Empfehlungsschreiben, in dem er erklärte, dass ich genau der richtige Mann für den Verkauf dieses Objektes sei. Kurz darauf erhielt ich auch einen Termin, zuerst für ein Gespräch in Paris, das super lief, und anschließend flogen wir mit einer Privatmaschine nach Südspanien.

Das Objekt, das in der ersten Baustufe schon fertiggestellt war, war ein absolutes Paradies. Es war an nichts gespart geworden, es war nur schön. Es bestand aus ein paar mehrstöckigen Häusern und kleinen Bungalows, natürlich alles der Landschaft angepasst im maurischen Stil, mit Blick auf das Meer oder auf das schöne Bergpanorama. Ein kleiner Supermarkt war auch schon in Betrieb und das direkt am Meer gelegene, wunderschöne Restaurant wurde am Tage meiner Ankunft am Abend eröffnet.

Das Schöne an diesem Kleinod war, dass alle Fahrzeuge außerhalb der Anlage auf einem überdachten Parkplatz abgestellt waren. Die Verbindungswege in der Wohnanlage waren so breit gebaut, dass man zu dritt nebeneinander gehen konnte, vorausgesetzt natürlich, man war nicht zu dick.

Einen Nachteil hatten die Appartements in den oberen Stockwerken: Sie besaßen keinen Aufzug. Wollte man beispielsweise in die achte Etage, musste man so eine windige Treppe außen benutzen, also alles, nur keine altersgerechten Wohnungen.

Als Verkaufschef wurde mir ein Spanier namens Antonio vorgestellt, der mir sofort äußerst sympathisch war und von dem ich im ersten Augenblick wusste, dass ich mit ihm gut zusammenarbeiten konnte. Dies war leider nicht immer so. Ein besserer Menschenkenner als ich ist meine Frau, sie hat mit ihrer ersten Bewertung meistens Recht, was mich auch manchmal ärgert.

Antonio war 48 Jahre jung und sein Vater, ein Deutscher, war 1943 nach Spanien ausgewandert und hatte eine Spanierin geheiratet. Angeblich kannte mich der Spanier noch von Mar de Cristal, doch ich konnte mich an ihn nicht erinnern. Wir sprachen natürlich gleich über das Mar Menor und er erzählte mir, dass jetzt ein Golfplatz in unmittelbarer Nähe von Mar de Cristal gebaut werden würde.

Der andere Spanier, der mit dem Königshaus verwandt sein sollte, ein Graf L., war ein Mensch mit allen Beziehungen, die man sich denken konnte. Seine Vorfahren waren Österreicher und er hatte in Innsbruck studiert. Er hatte auch dazu beigetragen, die FKK-Genehmigung in Spanien zu erhalten, denn ohne Graf L. hätte es nie ein FKK-Gelände in Spanien gegeben. Alles geschah nach dem Sprichwort: Hast du einen Freund im Himmel, kommst du auch rein. Costa Natura war der Vorreiter im FKK-Sektor in Spanien.

Am ersten Abend wurde ich von Graf L. und Antonio zum Essen eingeladen. Sie führten mich in ein sehr gutes Restaurant nach Marbella, das im Besitz einer Bekannten des Grafen L. war. Nach dem Abendessen besuchten wir gemeinsam mit der Gräfin den schönsten Hafen, den ich je gesehen habe, den Yachthafen Port Banus. Diesen Hafen muss man gesehen haben. Es war ja bekannt, dass sich hier im Hafen Banus und in Marbella der Geld-adel tummelte. Wo Geld ist, sind auch Glücksritter.

Hier lagen Yachten in allen Größen und aus allen Ländern, wie die verschiedenen Flaggen zeigten. Auf manchen befand sich so-gar ein Hubschrauber-Landeplatz. Ich war begeistert. Auf der Promenade musste ich feststellen, dass, je älter die Herren waren, sie umso hübschere junge Mädchen bei sich hatten. Ebenso sah ich ältere Damen, die kaum aufrecht gehen konnten, weil sie so mit Schmuck behangen waren, flanierend mit ihren Gigolos, auch „Handtaschenträger" genannt.

Der Verkauf der Ferienwohnungen in Costa Natura ging sehr gut. Da ich einen zweiten Reinfall nicht mehr erleben wollte, war ich die meiste Zeit selbst vor Ort.

Zwei Glückstreffer hatte ich auch in Costa Natura. Es war an einem Samstagvormittag Mitte Juli 1977, als ein unscheinbares Pärchen ins Büro kam. Sie sprachen mich auf Spanisch an, merk-ten aber sofort, dass ich kein Spanier war und fragten mich dann auf Deutsch, was man hier kaufen könne. Ich zeigte ihnen mein Angebot an Bungalows und Appartements, darunter auch eine Penthousewohnung mit ca. 160 qm. Nach nur kurzer Überlegung entschieden sie sich für diese. Sie wurden mir jetzt so richtig sym-pathisch.

Auf dem Weg zurück ins Büro gingen wir durch verschiedene Bungalows, die schon bezugsfertig waren, also vollkommen ein-gerichtet. Was ich in Frankreich als erstes gelernt hatte, war, dass möblierte Objekte besser zu verkaufen waren. Der Erfolg gab mir Recht, auch jetzt wieder wurde es bestätigt: Die Kunden, die soeben die Penthousewohnung gekauft hatten, waren von den hübsch eingerichteten Bungalows so begeistert, so dass sie sich entschlossen, noch zwei Bungalows dazu zu erwerben. Jetzt hat-ten sie meine volle Sympathie.

Als wir in meinem Verkaufsbüro saßen und die Verträge aus-
füllten, sagte der Mann zu mir, dass wir noch heute einen
Notartermin machen müssten, da er morgen schon weiter nach
Peru fliegen müsse. Unter normalen Umständen war es fast unmöglich, an einem Samstag einen Notartermin zu bekommen,
doch das Sprichwort „Geht nicht, gibt`s nicht" war schon zu IOS-
Zeiten so.

Ich rief Antonio an, der wiederum Graf L., und als dieser von
den sensationellen Kaufabschlüssen hörte, wurde er hellwach
und erreichte beim Notar in Marbella einen Termin am Samstag-
nachmittag um 17.00 Uhr.

Die Kunden bezahlten alles per Schecks, diese wurden beim
Notar hinterlegt. Während des Gesprächs stellte sich heraus, dass
die Käufer deutsche Staatsbürger waren und der Mann in Peru als
leitender Direktor für die UNO arbeitete. Die Heimatadresse war,
wie konnte es auch anders sein, ein wunderschöner historischer

Ort: Rottweil in Baden-Württemberg. Beide waren außerordentlich sympathisch und da sie perfekt Spanisch sprachen, war der notarielle Akt innerhalb einer Stunde erledigt. Sie versuchten weder, den Preis zu drücken, noch sonst etwas heraus zu handeln. Ich lud sie zum Mittagessen ein und erfuhr dabei viel von der Tätigkeit in Peru.

Auch ich habe sofort einen Scheck für die Vermittlungsprovision erhalten und obwohl die Kunden mein volles Vertrauen hatten, war meine erste Handlung am Montag, meine Hausbank damit zu beauftragen, abzuklären, ob die Schecks auch gedeckt waren. Die Antwort war zu meiner Freude positiv.

Dieser Kunde hat später auch in Euronat investiert. Er war mit seiner Frau in mehreren Ländern tätig, zuletzt arbeitete er in Kolumbien, wo er für die Vergabe von Telefonverkabelungen zuständig war. Trotz großen Bestechungsangeboten ließ er sich von seinem geraden Weg nicht abbringen. Er musste schon Peru fluchtartig verlassen, als er dort Morddrohungen erhielt. Seine Gradlinigkeit kostete ihn sein Leben, er wurde mit seinem Dienstwagen in die Luft gesprengt.

Er sagte damals in Euronat zu mir, dass er sich morgens im Spiegel anschauen können wolle, ohne dass ihm dabei übel würde. Er zitierte: „Gebe nicht auf, wenn dir etwas im Wege steht. Lauf nicht weg, wenn du Angst hast. Verschließ dich nicht, wenn du reden magst. Lebe, was du fühlst, und lass niemals deine Träume stehen. Bleib immer Du."

Mein Kunde hat das ernst genommen, denn sonst würde er noch leben.

Ende Juli 1977 kam eine Order aus Paris, dass Antonio und meine Wenigkeit in Paris beim Hauptaktionär antanzen sollten. Wir fuhren also mit dem Auto von Antonio nach Paris und wurden dort von sechs Herren empfangen. Nach der üblichen Konversation wurde uns mitgeteilt, dass die Appartements in Zukunft nur noch in Timesharing verkauft werden sollten. Das Geschäft mit Timesharing bedeutete vorprogrammierten Ärger: Die Wohnungen und Wohneinheiten wurden dabei für zwei oder vier Wochen verkauft. Der Besitzer gibt seine Wohnung einer Vermietungsgesellschaft zur Vermietung frei oder nutzt es selbst, kann aber auch in dieser Zeit ein anderes Objekt dieser Art in einem anderen Land für sich nutzen.

Antonio und mir war sofort klar, dass die Herren in Paris unsre Kunden nun voll abzocken wollten. Mein Einwand darauf war, dass ich etwa 20 Kontakte geknüpft hätte mit Interessenten, die zu den alten Bedingungen die Appartements erwerben wollten und die Timesharing bestimmt nicht akzeptieren würden. Ich erhielt eine Frist von zwei Monaten, in denen ich die Appartements noch als Volleigentum verkaufen konnte, danach war ich gezwungen, Timesharing anzubieten.

Antonio und ich erlaubten uns, diesbezüglich unsere Bedenken zum Ausdruck zu bringen mit dem Erfolg, dass Antonio zwei Tage später seine Kündigung erhielt. Wir waren darüber sehr schockiert, doch für ihn war es kein Problem, denn ein paar Tage später hatte er schon wieder eine andere Beschäftigung als Verkaufsleiter.

Als Ersatz für Antonio kam ein neuer Verkaufsleiter, ein Holländer, und zwar ein Verwandter von einem der Herrn aus der Pariser Zentrale. Er war ein sehr netter, gebildeter Mann, doch vom Verkauf hatte er keine Ahnung. Der gute Mann verbrachte seine Zeit auf Partys mit der Crème de la Crème in Malaga und nicht dort, wo er sein sollte, nämlich im Verkaufsbüro.

Dem örtlichen Touristikleiter war dies nicht unrecht, denn dieser wollte schon immer die erste Geige spielen, was nicht möglich war, solange Antonio und ich zusammen waren, denn wir waren eins und der Wichtigtuer hatte keine Chance.

Nach zwei Monaten wurde dem holländischen Generaldirektor gekündigt und das trotz guter Verbindung nach Paris. Wie sich herausstellte, hatte er dies dem Touristikleiter zu verdanken, der ihn dort angeschwärzt hatte.

Als ich wieder einmal meinen wöchentlichen Anruf mit Euronat tätigte, hörte ich dieses Mal von der neuen Sekretärin Barbara, dass täglich mit der Baugenehmigung gerechnet werden konnte. Ich wollte dies nicht glauben und hielt die Aussage für die übliche Hinhaltetaktik.

Barbara, eine Deutsche aus Remscheid, war nicht nur gut, sie war sehr gut, und hat auch viel zum Gelingen von Euronat beigetragen. Sie war bis zu ihrer Rente bei Euronat tätig.

Anfang November erhielt ich einen Anruf von Euronat, dass der Generaldirektor mit der Sekretärin zu mir nach Deutschland kommen würde. Ich holte sie am Flughafen Stuttgart ab und war gespannt, was sie mir zu erzählen hatten und welche Ausrede sie wieder vorbringen würden, um mich still zu halten.

Es war ein eiskalter Tag mit Schnee und viel Glatteis. Zum Mittagessen fuhren wir in eine Gaststätte, die bekannt war für schwäbische Spezialitäten, da ich wusste, dass der Generaldirektor schon einmal begeistert von einer Schlachtplatte geschwärmt hatte. Kurz vor dem Essen zeigte er mir ein Schreiben, in dem beurkundet war, dass in Euronat wieder weitergebaut werden dürfte. Ich konnte es kaum glauben und unterrichtete auch meinen Rechtsanwalt, der weiterhin dort als Treuhänder fungieren sollte. Auch er freute sich, dass sich das Warten nun doch gelohnt hatte.

Nur stellte ich jetzt Bedingungen, die nach telefonischer Rücksprache mit dem Präsidenten auch akzeptiert wurden. Ich bestand darauf, dass der Käufer jetzt nur noch eine Anzahlung von fünf Prozent des Kaufpreises leisten solle, und zwar auf ein Treuhandkonto unseres Hausjuristen in Deutschland und erst bei Fertigstellung des Hauses und bei notarieller Übertragung der restlichen 95 Prozent an den Verkäufer der Rest ausbezahlt werden würde. Somit waren meine Kunden finanziell optimal abgesichert.

Ab dem 21. November 1978 konnte ich also endlich den Verkauf der Häuser in Euronat fortsetzen. Es war wieder ein Neubeginn für mich, doch mir war klar, dass ich ab sofort hier meine Hauptaufgabe gefunden hatte. Das Musterhaus war gleichzeitig mein Verkaufsbüro.

Am Anfang kamen nur deutsche Kaufinteressenten. Von den Verträgen, die nach dem Baustopp storniert worden waren, konnte ich nur zwei wieder zum Kauf überreden. Dass ich so lange ausgehalten hatte und mich immer wieder vertrösten ließ, habe ich auch einem Kunden davon zu verdanken, einem Rechtsanwalt aus Bonn, der immer wieder zu mir sagte: „Herr Strässer, ich kenne die französische Bürokratie, sie ist schlimmer als die deutsche. Und das will was heißen, halten Sie durch!" Jahre später konnte ich dies bestätigen und muss sagen, er hat noch untertrieben, die französische Bürokratie ist noch viel, viel schlimmer, als ich dachte.

Nachdem alles wieder von vorn losging, musste ich schauen, wie ich am besten zu meinen Kunden kam. Das Problem war, dass Ende August kaum noch Urlauber da waren, die ich eventuell mit einem Ferienhaus hätte beglücken können. Ich fing an, das Adressenmaterial zu bearbeiten, das ich inzwischen von diversen Objekten zur Verfügung hatte, auch das von Costa Natura.

Inzwischen wurde von der Direktion in Euronat beschlossen, alle Häuser mit Möbel auszustatten. Sie stellten einen Katalog zusammen, aus dem sich die Käufer ihre Einrichtung aussuchen konnten.

Mir war bewusst, dass im kommenden Jahr die Entscheidung fallen würde, ob wir es schaffen oder ob die Firma Euronat und meine Wenigkeit in Konkurs gehen würden und ich tröstete mich mit der Weisheit von Einstein: „In jeder Schwierigkeit steckt auch eine Möglichkeit."

Für mich war es wichtig, an FKK-Adressen zu kommen. Über Vermittlungsfirmen können alle Adressen gekauft werden, jedoch keine von FKKlern. Nach langer Überlegung und Rücksprache mit dem DFK-Präsidenten übernahm ich daher den DFK-Reisedienst für das Urlaubsziel Euronat: Ich sollte in der Hauptsache die Stellplätze für Wohnwägen im FKK-Ferienparadies Euronat vermitteln. Ich fing also an, Euronat durch viel Anzeigen in diversen Zeitungen als DAS Urlaubsziel für FKKler bekanntzumachen und die Immobilien dort anzubieten.

Es gab für mich zwei Möglichkeiten: Entweder ich mietete ein größeres Büro oder ich blieb noch eine Zeit in unserem Kellerbüro und investierte dafür das Geld für Werbung und damit in den Aufbau einer Touristikfirma. Meine Frau und ich entschieden uns für die Touristikfirma, was richtig war, wie sich in den folgenden Jahren bestätigte.

Dann war die Entscheidung zu treffen, was wir mit den gesammelten Anschriften der Urlauber aus Cap d'Agde, Costa Natura, Belezy und den wenigen aus Euronat machen sollten. Werbungskosten sind sehr hoch und der Rücklauf ist leider nur gering. Zudem mussten wir erfahren, dass unter den sogenannten Interessenten leider auch Spanner waren.

Wir bearbeiteten die Adressen, schrieben alle Interessenten an und sobald sich einer näher für das Objekt interessierte, versuchte ich, einen persönlichen Kontakt herzustellen und suchte ihn persönlich auf, egal wie weit die Entfernung war. Obwohl ich drei Monate vor Ort in Euronat tätig war, fuhr ich etwa 70.000 Kilometer im Jahr. Wir hatten Porto-, Telefon- und Benzinkosten wie ein Großunternehmen, unser Arbeitstag betrug mindestens 14 Stunden und die Woche hatte sieben Tage.

Leider waren die persönlichen Termine meistens erst nach 19.00 Uhr, was viel Zeit und auch Übernachtungskosten mit sich brachte. Oft kam es vor, dass die Interessenten von meinem Angebot hellauf begeistert waren, doch an einen eventuellen Kauf erst in zwei bis drei Jahren dachten, wovon ich zu jener Zeit leider nichts hatte, denn ich wollte sofort Umsatz machen und ich brauchte das Geld sofort ganz dringend und nicht erst in ein paar Jahren. Es war manchmal schon enttäuschend, doch wenigstens konnte ich den einen oder anderen dazu bewegen, Euronat einmal im Urlaub kennenzulernen.

Im Jahre 1979 nahm ich diesbezüglich mit der Firma Oböna Kontakt auf, dem damals größten FKK-Reiseveranstalter Deutschlands. Die Firma Oböna stellte daraufhin in Euronat Wohnwägen auf, was für die Firma Euronat die Rettung bedeutete, denn Euronat hätte die ihr auferlegte teure Investition mit Fristensetzung und die Erschließung des Anschlusses an die Kanalisation finanziell nicht verwirklichen können. Euronat verfügte zu dem Zeitpunkt, wie sich erst später herausstellte, einfach über zu wenig Eigenkapital.

Die Beharrlichkeit, die ich bezüglich Euronat an den Tag legte, zahlte sich aus. Viele sagten später: „Der Strässer hat Glück gehabt." Doch ich sage immer dazu: Das Glück allein kommt selten, man muss auch darauf zuarbeiten, dann kommt das Glück. Ein Lottogewinn ist Glücksache, trotzdem muss man zuerst etwas dafür bezahlen. Bei mir war es oft auch einfach nur eine Entscheidung aus dem Bauch heraus. In Sachen Euronat waren viele meiner Entscheidungen zudem geprägt von dem Optimismus, den der Präsident ausstrahlte, mit dem ich inzwischen ein freundschaftliches Verhältnis hatte. Euronat war für mich wie Fahrrad fahren: Wenn ich jetzt nicht weitertreten würde, fiele ich herunter.

Das hieß für mich nun, jede Mark in Euronat zu investieren, ein Zurück gab es für mich schon lange nicht mehr. Leider passierte dies alles auf dem Rücken meiner Familie. Andere fuhren in Urlaub, meine Frau und mein Sohn brachten im benachbarten Dorf Montalivet Flugblätter an den parkenden Autos an, um die

Urlauber auf das neue FKK-Dorf aufmerksam zu machen, denn dort existierte schon seit Jahren eine FKK-Siedlung. Einmal in der Woche verteilten Kinder von Urlaubern die Flugblätter in ganz Euronat, also in den Bungalowdörfern sowie auf dem Wohnwagen- und Campingplatz.

Diese Tätigkeit war von Erfolg geprägt, denn viele kamen, wenn teils auch nur aus Neugierde. Doch ich konnte so gute Kontakte schließen und auch Verkaufsabschlüsse tätigen. Dieses Dranbleiben an den Kontakten zahlte sich aus, das war mir schon in den ersten Unterrichtsstunden bei der IOS beigebracht worden, und es ist ein großer Fehler von Verkäufern, dies nicht zu tun. Natürlich musste ich oft meinen inneren Schweinehund überwinden und mich bei den Interessenten auch mehrmals melden. Ich erklärte meistens, dass ich zufällig in der Gegend sei und die Möglichkeit nutzen wolle, ganz unverbindlich einen Besuch abzustatten.

Ich hatte mir abgewöhnt, die finanzielle Lage der Interessenten nach Berufsstand einzuordnen und dementsprechend auch die Verkaufsaussichten. Einmal war ich mit dem Zug nach München unterwegs und wollte auf dem Rückweg einen anderen Interessenten in Passau aufsuchen und dachte mir dabei, dass ich in München in etwa zwei Stunden fertig sein würde, denn so lange dauerte in der Regel ein Informationsgespräch. Das war diesmal nicht so. Der Interessent öffnete die Tür – er wohnte in einem kleinen Reihenhaus außerhalb Münchens – und bat mich herein.

Als die übliche Begrüßungszeremonie abgeschlossen war, luden er und seine Frau mich zu einem Bier ein. Wir saßen an einem einfachen Holztisch und sie, beide etwa 40 Jahre alt, erzählten mir, dass sie Frankreich-Liebhaber seien und sich, nachdem sie meine Anzeige in der Zeitung gelesen hatten, entschlossen hätten, im Medoc etwas für ihr Alter zu kaufen. Das hörte ich gern. Ich stellte wie üblich mein Objekt vor und versuchte, sie zu einer Besichtigungsreise zu überreden.

Doch ich hatte Pech, denn die zwei wollten für ein paar Tage nach Amerika reisen, was mich verwunderte, denn es war keine Ferienzeit. Herr Xaver meinte, ob er auch ohne Besichtigung sofort den Kaufvertrag für ein Studio abschließen könne, um noch in den Genuss des gültigen Preises zu kommen. Natürlich war ich sofort damit einverstanden und erklärte alle Einzelheiten. Ich holte ein Vertragsformular aus der Tasche, trug die diversen Daten ein und als ich den Kaufpreis für ein Studio hineinschrieb, schaute mich Herr Xaver ungläubig an, denn wir hatten uns total missverstanden: Ich redete von einem Studio und er von einem Rencontre, was vier Studios in einem Haus hieß. Ich konnte mein Glück nicht fassen und änderte den Vertrag schnell von einem auf vier Studios. Herr Xaver schaute daraufhin nochmals den Lageplan an und meinte zu seiner Frau, dass das Grundstück nebenan auch gut aussehe. Ihr gefiel aber das erste besser. Im Spaß meinte ich dann, sie sollen doch beide nehmen. Sie schauten sich kurz an und entschieden sich – dem Himmel sei Dank – für beide Rencontre, also insgesamt 8 Studios. Gern habe ich nochmals eine Vertragsänderung vorgenommen. Die Studios waren damals ein gutes Vermietungsobjekt und so konnte ich diese auch sofort in unser Vermietungsprogramm aufnehmen.

Wir tranken noch ein Bier, als die Frau bemerkte, dass sie jetzt zwar acht Studios hätten, aber für sie selber keine Unterkunft. Doch, das hatte ich, ich verkaufte noch ein Haus namens „Landes" dazu. Der Vertrag sah inzwischen aus, als wenn zehn Hühner darauf herumgescharrt hätten, doch ich war der glücklichste Mensch dieser Welt. Mit solch einem Verkaufserfolg hatte ich nicht gerechnet. Herr Xaver nahm sein Scheckbuch und schrieb einen Scheck in Höhe des vollen Preises zuzüglich meiner Provision heraus, was normalerweise nicht üblich war, denn der Käufer musste nur eine Anzahlung von 5 Prozent leisten und den Rest erst bei notarieller Übertragung. So etwas war mir in meinem ganzen Leben noch nicht passiert, denn der Kunde kannte meine Firma nur aus der Zeitungswerbung und hatte davor weder von mir noch von dem Objekt etwas gehört.

Während des Verkaufsgespräches stellte sich heraus, dass er Diplomingenieur war und sie Studiendirektorin. Nach Passau konnte ich an diesem Abend nicht mehr, denn die Kunden erzählten mir ihre Lebensgeschichte, die für mich äußerst interessant war. Ich erzählte so ganz nebenbei von meinem weiteren Objekt in Estepona, um die beiden neugierig zu machen. Ihre ganze Erbgeschichte erzählten sie mir erst ein halbes Jahr später.

Dies geschah alles an einem Samstag. Der erste Weg am Montag war natürlich zu meiner Bank, um dort prüfen zu lassen, ob der Scheck auch gedeckt war. Er war. Ich weiß nicht, wer sich über den Kaufabschluss mehr gefreut hatte, die Firma Euronat oder ich. Beide waren wir sehr, sehr glücklich darüber, denn wir beide konnten das Geld dafür gut gebrauchen. Doch ich frage mich immer wieder, wie man einem Fremden, der ich ja für den Käufer war, so viel Geld anvertrauen konnte. Viel später stellte sich dann heraus, dass ich der einzige war, von dem er nicht betrogen worden war.

Nach seiner Amerika-Reise meldete sich Xaver und erkundigte sich, wann ich wieder nach Spanien fliegen würde. Natürlich demnächst, denn für solche Kunden nahm ich mir immer Zeit. Acht Tage später flogen wir gemeinsam nach Marbella. Das Ehepaar war von diesem Ferienpark dort so begeistert, dass es auch dort vier Appartements und einen Bungalow sowie für die Mutter aus Augsburg noch ein großes Appartement zusätzlich kaufte. Während des Rückflugs erzählte Xaver mir, dass sein verstorbener Vater ihm einige Millionen vererbt hatte. Wenn ich das früher gewusst hätte, wäre ich nicht so bescheiden gewesen und hätte ihn noch mit einigen Appartements mehr beglückt, doch so hatte er sein weiteres Geld verschleudert, und zwar mit Immobilien in Irland, einer Motoryacht, Reisemobilen in Amerika (diese Autos sucht er heute noch und die Vermittler sind ebenso unauffindbar), einem wertlosen, für ihn jedoch teuren Grundstück in Kanada am

See ohne Wasser und Elektroanschluss und anderen Dummheiten. Die einzig lukrativen Geschäfte, die er getätigt hatte, waren die Immobilien, die er bei mir erworben hatte. Doch nach und nach musste ich, obwohl die Vermietung der Objekte sehr gut gelaufen war, wieder alles für ihn verkaufen, da er pleite war. Später musste ich erfahren, dass er bei irgendeinem Motorrad-Zustelldienst Arbeiten verrichtete und zudem geschieden war.

Jetzt, da unser Geschäft florierte und wieder Geld in der Kasse war, mieteten wir in der Stadt ein Büro und stellten auch französisch sprechende Mitarbeiter ein. Dank der Werbung, dem DFK und den vielen Oböna-Urlaubern, die inzwischen verstärkt Euronat als Urlaubsparadies entdeckt hatten, ging es mit dem Umsatz auf dem Immobilienmarkt aufwärts. Die Firma Euronat hatte inzwischen auch ein Büro für die Camping- und Zelt-Urlaubsgäste eingerichtet.

In dem Feriendorf „Europa", das erste Dorf, das gebaut worden war, fehlte lange die Beleuchtung. Nur mit Unterstützung von Taschenlampen und Kindern, die, wie ich feststellen konnte, einen guten Orientierungssinn haben, fanden die Urlaubsgäste nachts ihre Wohnungen. Einmal kam es vor, dass eine ältere Dame nicht auffindbar war. Das anwesende Personal und viele Urlauber gingen gemeinsam auf Suche. Gegen 22.00 Uhr endlich konnten wir die Dame finden – sie war nicht sehr weit von ihrer Wohnung entfernt. Die ganze Aufregung hatte etwas Gutes, denn es dauerte keine Woche und die längst angemahnten Straßenlaternen wurden endlich angebracht.

Die Nachfrage nach den Ferienhäusern in Euronat war sehr groß und ich sah mich gezwungen, einen Mitarbeiter einzustellen, Charly, einen guten Bekannten, hochintelligent, mehrsprachig und sehr gebildet. Er hatte den besten Willen, mich nicht zu enttäuschen, und ihm war keine Tätigkeit zu viel.

Ich nutzte diese Zeit und fuhr mal wieder nach Hause. Doch bleiben konnte ich nicht lange, denn der neue Mitarbeiter konnte sich nicht durchsetzen und eine bestimmte Aufgabe ganz auszuführen war nicht seine Art. So fuhr ich im September wieder nach Euronat, um ihn von seiner Last zu erlösen. Er erzählte mir, dass er nicht schlafen könne, denn unter anderem würden rings um sein Haus, das mitten im Wald stand, Hirsche röhren. Ich musste lachen und glaubte ihm kein Wort. In der folgenden Nacht stellte ich mich auf die Terrasse und ahmte einen röhrenden Hirsch nach, wie ich es von einem Förster einmal gelernt hatte. Kurz danach, Charly und ich saßen im Wohnraum, ich mit dem Rücken zur Terrasse, er mit Blick darauf, wurde Charly plötzlich kreideweiß. Er wollte mir etwas sagen, doch er brachte keinen Ton heraus und starrte an mir vorbei auf die Terrasse. Ich folgte seinem Blick und traute meinen Augen nicht. Drei Meter hinter mir stand auf der Terrasse wirklich ein Hirsch, groß wie ein Elch und mit einem Riesengeweih. Auch mir saß der Schreck im Nacken und nur mit Geschrei und lauter Musik konnten wir ihn vertreiben. Leider wurde dieses wunderschöne Tier im Winter darauf von dem Wirt aus dem Restaurant in Euronat erschossen, obwohl das Schießen in Euronat strengstens verboten war. Das Geweih hängt heute noch im Restaurant.

Trotz guter Verkaufsabschlüsse war die Direktion von Euronat immer wieder in Geldnöten. Dazu führte auch der stetige Kampf mit den Behörden, denen immer wieder neue Richtlinien einfielen, die zu beachten waren. Ohne die guten Beziehungen des Direktors von Euronat und des Bürgermeisters von Grayan wäre Euronat wieder zum Erliegen gebracht worden. Gelöst wurden die Probleme mit den maßgebenden Herren letztendlich vom Generaldirektor M. L. persönlich.

Inzwischen hatte ich mir einen Jeep gekauft, mit dem ich den Kaufinteressenten die verschiedenen Grundstücke zeigen konnte. Es existierte ja damals nur die eine Hauptstraße zum Strand und links und rechts war nur Wald. Mit dem Lageplan, Kompass und Jeep konnte ich mir den eigenen Weg zum Grundstück bahnen.

Zu jener Zeit verkaufte ich auch immer noch Appartements in Costa Natura, wo ich von einem Deutsch-Spanier vertreten wurde. Der Verkauf lief mehr recht und schlecht. Da ich ein Gegner von Timesharing war und auch keine einzige Einheit durch meine Firma verkauft werden konnte, wurde das Verhältnis mit der Direktion in Paris immer schlechter. Ich löste daher das Alleinverkaufsrecht auf und überließ meinem Mitarbeiter den örtlichen Verkauf. Nach etwa sechs Monaten warf auch er das Handtuch.

Die Ferienhäuser, die wir in Euronat verkauften, waren Fertighäuser aus der Dordogne. Verbesserungsvorschläge von mir wurden zwar immer entgegengenommen und notiert, doch dabei blieb es immer. Sie kamen ja von einem Deutschen und deren Meinung wurde von dem Direktor dort nie respektiert. Zum Beispiel wurden die Häuser auf Hohlblöcke gestellt, eine unverzeihliche Idee, da der Untergrund Sandboden war. Erst, als die Balken nach einigen Jahren richtig auf dem Sandboden lagen, wurden sie auf Betonsockel verlegt. Nach und nach konnte ich mich dann mit Hilfe des Präsidenten Lacroix Gehör verschaffen und ich kann behaupten, dass sich die Bauweise heute gegenüber damals hundertprozentig verbessert hat. Viele Diskussionen waren dem allerdings vorausgegangen.

Inzwischen hatten wir etwa 50 Häuser in der Vermietung und es wurde notwendig, eine Reiseleitung einzustellen. Von Costa Natura kannte ich einen sehr guten Animateur, einen Belgier, der fünf Sprachen beherrschte. Da dieser viel Ärger mit der Direktion dort hatte, bedurfte es keiner langen Überredung, um ihn für uns zu gewinnen. Moses, so wurde er genannt, 32 Jahre, lange gelockte Haare, kam mit seinem großen Omnibus, den er als Wohnung benutzte, nach Euronat angefahren. Dass der Bus die Fahrt von Südspanien nach Westfrankreich überstanden hat, war für mich ein kleines Wunder, denn die Reifen hatten vielleicht einmal ein Profil, jetzt sah die Leinwand heraus. Moses kam nicht alleine, er brachte zwei große Schäferhunde mit. Wir stellten den Bus in einer Seitenstraße ab.

Moses war ein Typ, den alle mochten. Die Kinder waren ganz verrückt nach ihm und wir verglichen ihn mit dem Rattenfänger von Hameln. Immer war er von Kindern umringt und er kannte schon nach kurzer Zeit ihre Namen.

Doch nicht nur die Kinder hatten ihn ins Herz geschlossen, auch die Erwachsenen waren von ihm begeistert, vor allem die Frauen. Moses führte ein Leben, von dem viele nur träumten. Er war unabhängig, lebte bescheiden in einem alten Omnibus, war ausgeglichen und zufrieden – er kam uns vor wie von einem anderen Stern.

Er sprach alle mit Du an, ob sie es wollten oder nicht. Als sich einmal ein Professor darüber beschwerte, sprach ihn Moses daraufhin mit „Du, Herr Professor" an.

So war er und ich konnte und wollte ihn auch nicht ändern. Die Kunden liebten ihn und das war für uns das Wichtigste. Er war für ganz Euronat eine Bereicherung. Lebensmittel musste er sich selbst nicht kaufen, denn die Urlauber sorgten für ihn und wenn sie heimfuhren, ließen sie ihm ihre Vorräte. Als ich ihn einmal in seinem Bus aufsuchte, konnte ich nur staunen, was für ein Berg von Nudeln, Reis, Marmelade und vielem mehr sich hier türmte und auf meine Frage, ob er einen Supermarkt eröffnen wolle, antwortete er nur: „Chef, der Winter ist lang."

Einige Frauen verliefen sich auch manchmal in Richtung Bus und einmal habe ich erlebt, wie Mutter und Tochter sich wegen Moses in die Wolle bekamen. Es störte sie auch nicht der Gestank im Bus, der durch die zwei großen Hunde nicht zu vermeiden war.

Moses war auch immer sehr hilfsbereit. Er war einfach ein guter Animateur, der die Menschen unterhalten konnte. Ob als DJ, abends mit einem Lagerfeuer am Strand oder beim Spielen mit den Kindern – er war unschlagbar und die anderen Animateure von Euronat störte dies gewaltig.

Auch die Firma Euronat beschäftigte inzwischen Animateure, denn in Euronat wurden nicht nur die Häuser vermietet, sondern die Campingplätze waren sehr begehrt und dadurch im Sommer gut belegt.

Wir hatten Moses nicht als Animateur, sondern als Reiseleitung eingestellt. Da war er jedoch eine Katastrophe. Zu seinen Aufgaben zählte unter anderem die Einteilung der Putzfrauen, die Hausabnahme und der Empfang der Gäste. Vom Büro erhielt er dafür wöchentlich eine exakte Aufstellung der ankommenden und abreisenden Gäste. Im Haus durften keinerlei Lebensmittel zurückbleiben, das Haus sollte ab 10.00 Uhr morgens frei sein und ab 16.00 Uhr konnten die neuen Gäste einziehen. In der Zwischenzeit hatten die Putzfrauen die Häuser zu reinigen. Diese Aufgabe war für Moses jedoch der reinste Horror. Er gestand anderen Mitarbeitern gegenüber, dass er schon ab Dienstag Angst und Bauchweh hätte, dass am Samstag alles klappen würde.

In seinem bunten Kaftan verkündete er unseren Urlaubsgästen jeden Montag seine Zehn Gebote:

1. Du darfst nicht schneller als 20 km/h fahren.
2. Grillen und offenes Feuer sind wegen Brandgefahr verboten.
3. Hunde sind an der Leine zu halten.
4. Ab 24.00 Uhr gilt generelles Fahrverbot.
5. Ab 22.00 Uhr im Haus und auf der Terrasse bitte ruhig verhalten, Rücksicht auf die Nachbarn nehmen.
6. Kinder nicht unbeaufsichtigt am Strand lassen
7. Den Anweisungen der Badeaufsicht ist Folge zu leisten, nur baden, wo es erlaubt und beaufsichtigt ist
8. Nackt zu sein ist Pflicht, sofern es die Witterung erlaubt.
9. Hausabnahmetermin mit Moses abstimmen.
10. Immer lieb zu Moses sein.

Das 10. Gebot wurde, wie schon gesagt, vom weiblichen Geschlecht oft zu wörtlich genommen.

Er machte unsere Begrüßung zu einer wirklichen Show und viele der Urlauber, die drei Wochen hier waren, besuchten jeden Montag seine Informations-, besser gesagt Unterhaltungsshow. Sein Auftritt war jedes Mal eine reine Freude, seine Ideen vielfältig. Keiner konnte glauben, dass Moses vor jeder Vorstellung drei Gläser Cognac benötigte.

Bei unserer Informationsveranstaltung hatten die Urlauber zum Schluss immer die Möglichkeit, uns ihre Probleme mitzuteilen. Einer hatte ein Problem mit seinem gemieteten Fahrrad. Ich versprach, dies bei dem Fahrradhändler zu klären und nahm dazu eine Urlauberin mit, die sich als Dolmetscherin angeboten hatte.

Lis beherrschte die französische Sprache perfekt und konnte somit die Angelegenheit wunderbar für mich klären. Ich war von ihr begeistert und da ich von Beruf aus schon neugierig war, erkundigte ich mich, wo sie so gut Französisch gelernt habe. Sie erzählte mir, dass sie mit ihrer Familie in Paris lebe, da ihr Mann, der bei IBM arbeite, beruflich von Böblingen nach Paris versetzt worden sei. Ursprünglich sei sie aber ein Nordlicht und würde schon lange im Medoc Urlaub machen. Seit Euronat existiere, sei sie in den Ferien regelmäßig jedes Jahr hier in diesem FKK-Paradies. Es stellte sich heraus, dass sie auch gut Englisch sprach und spontan, wie ich nun mal bin, fragte ich sie einfach, ob sie nicht für mich im Verkaufsbüro arbeiten wolle. Sie war natürlich total überrascht, jedoch nicht abgeneigt, und wollte mein Angebot mit ihrem Mann besprechen. Ich ließ ihr drei Tage Zeit, ich wusste, dass sie die geeignete Immobilienverkäuferin war. Sie hatte das richtige Alter, ein sicheres und freundliches Auftreten, war schlagfertig und besaß eine gewisse Ausstrahlung. Und was ganz wichtig für einen Immobilienverkäufer war: Sie konnte gut zuhören.

Nach drei Tagen wurden wir uns einig und sie versprach, trotz ihres Einwandes, die Aufgabe nicht erfüllen zu können, im nächsten Jahr für mich zu arbeiten. Entscheidende Faktoren für ihren Entschluss waren, dass die Kinder nicht mehr zu Hause waren, beide Söhne studierten bereits, und sie sich in Paris sowieso langweilte.

Meine Menschenkenntnis sagte mir, dass sie die Richtige für diesen Job war. Für mich war es wichtig, eine Vertrauensperson gefunden zu haben, die nicht aus finanziellen Gründen verkaufen musste, sondern ihre Arbeit mit Freude und Gelassenheit ausführen konnte. Ich freute mich also auf die Zusammenarbeit mit ihr im nächsten Jahr. Im Herbst bekam ich allerdings von ihrem

Mann einen Telefonanruf, dass seine Frau einen Autounfall gehabt habe, in Frankreich im Krankenhaus läge und in den nächsten Tagen in ein Krankenhaus nach Böblingen überführt werden würde.

Ich besuchte sie natürlich sofort in Böblingen. Ich muss sagen, im Sommer in Euronat hatte sie wesentlich besser ausgesehen. Sie lag hier wie ein Häufchen Elend, die Füße im Streckverband. Es sah aus, als wenn sie unter einen Lastwagen gekommen wäre. Sie weinte ununterbrochen und erklärte mir immer wieder, dass sie sich auf die Arbeit bei mir in Euronat schon sehr gefreut hätte, doch die Ärzte hätten ihr in Frankreich nach der Operation gesagt, dass sie nie mehr richtig gehen könne, die Füße verkrüppelt bleiben würden.

Es wäre alles zu schön gewesen! Sie tat mir schrecklich leid und ich wollte das alles einfach nicht wahrhaben und wollte von all dem nichts wissen. Ich sagte ihr einfach, dass ich darauf bestünde, dass sie ihren mit mir geschlossenen Vertrag erfülle. Beim Verlassen des Krankenhauses zweifelte ich jedoch auch daran, ob sie je wieder richtig würde laufen können. Es war ihr Glück, dass sie nach Böblingen ins Krankenhaus kam, denn wie die Ärzte hier feststellen mussten, hatten die Franzosen die vielen kleinen Trümmerbrüche, die sie an mehreren Stellen hatte, zu einem wirklich großen Bruch gemacht.

Nach dem langen Krankenhausaufenthalt besuchte ich sie zu Hause. Sie kam mir mit Krücken in eckigen Bewegungen entgegen und sah schlimm aus, einfach noch krank. Ich erzählte ihr die neuesten Abenteuer von Moses und Erlebnisse mit Urlaubern in Euronat und auch, dass der Verkauf gut laufe und ich mit ihr auf jeden Fall im Juni rechnen würde.

Sie fing wieder an zu weinen und beteuerte unter Tränen, dass dies unmöglich war. Ich bestand darauf, dass wir dieses Thema Ende April nochmals besprechen würden. Sie meinte, dass es auch in ihrem Interesse wäre, wenn sie wieder laufen könne wie früher. Ich glaube, auch ihr Mann zweifelte an ihrer vollständigen Genesung.

Als ich sie dann später wiedertraf, immer noch mit Krücken, sah sie besser aus und ich erinnerte sie daran, dass ich im Juni auf sie warten würde, auch mit Krücken.

Sie kam. Wie vereinbart, erschien sie bei mir Mitte Juni mit Krücken. Es fiel ihr schwer, doch sie biss sich durch. Die ersten zwei Wochen führten und übten wir Verkaufsgespräche und ich war überrascht, dass sie sich in der Haustechnik auskannte und auch Baupläne lesen konnte. Dies war sehr wichtig, da wir immer wieder Grundrissänderungen vornehmen mussten, da viele Kunden den Haustyp in geänderter Aufteilung wünschten.

Anfang Juli verlangte ich dann auch von ihr, dass sie den Kaufinteressenten die Musterhäuser zeigte, davon hatten wir drei. Sie humpelte mit dem Krückstock, nicht mehr mit Krücken, von einem Haus zum anderen, obwohl sie, um auf die Terrassen zu kommen, immer eine Stufe auf- bzw. absteigen musste, was ihr sehr zu schaffen machte.

Sie war nach vier Stunden meistens fix und fertig und hatte auch manchmal Tränen in den Augen, doch ich tat so, als wenn ich das überhaupt nicht merken würde. Nach weiteren drei Wochen stellte ich fest, dass das Laufen immer besser wurde und ich bat sie, besser gesagt, ich verlangte von ihr, dass sie es ohne Stock versuchen solle. Sie hatte einen eisernen Willen und sie schaffte es.

Dafür bekamen wir Probleme mit Moses. Sobald wir ihn sahen, murrte und schimpfte er an seiner Arbeit herum, die ihm anscheinend zu viel geworden war. Wir beide halfen ihm so viel, wie wir konnten, doch er wurde immer unzufriedener. Es gab Tage, da hätte ich ihn erschlagen können. Auch unsere Urlauber bemerkten schon, dass er oft mürrisch war, auch beim Lagerfeuer, Bingo oder in der Disco.

Mitten in der Saison wollte er mit seiner Arbeit aufhören. Wenn man seine Arbeit nicht mehr gerne verrichtet, hat es auch keinen Zweck, im Dienstleistungsgeschäft schon gar nicht. Das Fass kam zum Überlaufen, als er mir mitteilte, dass ihm die Kautionskasse (jeder Kunde hat bei Ankunft eine Kaution zu hinterlegen), die er in seinem Bus versteckt hatte, abhandengekommen sei, sie müsse gestohlen worden sein. Ich musste dies glauben, obwohl ich wusste, dass seine beiden Hunde scharf wie Rasiermesser waren und keinen in den Bus ließen, wenn er nicht dabei war, nicht einmal mich, obwohl sie mich inzwischen gut kannten. Ein Wort gab das andere und wir versuchten, ihn zu überreden, wenigstens bis Ende August durchzuhalten. Zwei Tage später war er bei Nacht und Nebel verschwunden und wurde niemals wiedergesehen.

Anscheinend erreichten ihn auch aus Belgien Alimente-Forderungen. Wie er diese in Spanien umgehen konnte, war für mich nicht nachzuvollziehen.

Später berichteten mir Urlauber, dass sie ihn in Benidorm als DJ gesehen hätten. Lis musste somit die Touristik übernehmen und es ging einigermaßen gut über die Bühne, da alle mithalfen, also ich und auch befreundete Eigentümer und auch Urlauber.

Einmal kam es vor, dass ein Topmanager mir auch seine Hilfe anbot. Der Arme wusste nicht, was er sich damit antat. An einem Samstag, als zwei Putzfrauen nicht kamen, holte ich ihn mit meinem Jeep ab und als er einstieg, konnte er nicht ahnen, für was ich ihn einsetzen würde. Wir putzten gemeinsam zwei Appartements, in dem vorher jeweils vier Jugendliche gehaust hatten. Ich möchte nicht beschreiben, wie es dort aussah. Mein Topmanager hat auf jeden Fall durchgehalten und seine Frau konnte nicht anders, als ihn bei dieser Arbeit fotografisch zu verewigen.

Von den sechs Feriendörfern, die in Euronat geplant waren, war das erste Dorf „Europa" inzwischen verkauft. Es waren 140 Wohneinheiten und trotzdem fehlte es der Firma Euronat immer wieder an Geld. Ich musste mir von M. L. anhören, dass die Erschließungskosten und die Erweiterung der Kläranlage sowie der Bau des Empfangsbüros den ganzen Profit verschlingen würden.

Mit dem Verkauf des zweiten Dorfes „Asien" wurde bereits begonnen und die Bebauung wurde dichter. Und wieder waren die meisten Käufer Deutsche, die durch unsere Werbung und als Urlauber des Reiseveranstalters Oböna nach Euronat kamen. Zwischen M.L. und mir hatte sich eine Freundschaft entwickelt, die sich leider manchmal auch als Zweckfreundschaft entpuppte. Bei jeder Gelegenheit lieh er sich bei mir Geld und ich gab es ihm vertrauensvoll ohne jegliche Absicherung, was ich heute nicht mehr machen würde.

Ende 1985 bekam ich einen Telefonanruf von einem Franzosen aus Paris. Er sprach in einwandfreiem Deutsch, dass er mich unbedingt treffen müsse, denn er hätte eine große Parzelle auf Sardinien. Wir trafen uns im Flughafen Stuttgart zur ersten Kontaktaufnahme. Der Franzose hatte bereits Pläne dabei, die eine Übersicht zeigten, was für Möglichkeiten der Bebauung in Frage kommen könnten. Die Parzelle lag direkt an der Costa Smaralda, ein wunderbares Grundstück, für die Bebauung einer Ferienanlage optimal, einfach ein Traum. Wasser und Strom lagen schon an der Grundstücksgrenze. Der Strand lag leicht abfallend, ein Objekt, das man nur selten angeboten bekommt.

Wie bereits am Telefon wiederholte ich meine Frage, ob es überhaupt möglich sei, an der Costa Smeralda ein FKK-Gelände zu erstellen. Er gab mir zur Antwort, dass er dies bereits im Vorfeld abgeklärt hätte, es würde hier keinen Ärger diesbezüglich geben. Er habe persönliche Kontakte zur Baubehörde und zu all den Leuten, die für die Genehmigung zuständig wären. Auf alle Fälle war mir sofort klar, dass ich einem Profi gegenüber saß, der wusste, von was er sprach, nicht wie in Euronat, wo alles vom blauen Himmel geplant gewesen war. Von Beruf war er Architekt. Er hatte schon in Nizza und Barcelona große Objekte durch-gezogen und auch viele Wettbewerbe gewonnen. Eine Bewertung der Crédit Lyonnais, Paris, hatte er auch vorzuzeigen, die aus-sagte, dass Herr L. für 10 Millionen DM gut sei. Die Luftaufnah-men des Grundstücks waren optimal und wir vereinbarten einen Besichtigungstermin. Gesagt, getan: 14 Tage später flog ich nach Rom und von dort mit einer kleinen Propellermaschine weiter. Am Flughafen wurde ich von Herrn L. empfangen und wir fuhren mit einem Bentley, der anscheinend einem Freund von ihm ge-hörte, zum Grundstück. Diesen Freund lernte ich am nächsten Tag kennen.

Seine Vorstellung war, dass unsere Firma MS dieses Objekt vermarkten und mit 35 Prozent am Bau und Gewinn beteiligt sein sollte. Das Grundstück, so erzählte er mir, gehöre seinem Bruder, der sehr krank sei und aus diesem Grunde schnell und günstig verkaufen wolle.

Nach diesen Aussagen fing bei mir die Warnlampe an zu flat-tern. Das Gelblicht wurde noch intensiver als ich den Kaufpreis hörte. Das Grundstück war nach meiner Schätzung viel zu billig. Nach seiner fachmännischen Berechnung als Architekt könnten auf diesem Grundstück etwa 300 Bungalows erstellt werden, und zwar zu einem Preis von je 250.000 – 300.000 DM. Die Gewinn-spanne würde etwa 90 - 100 Prozent betragen. Das Angebot war zu verlockend! Am Abend kamen die Personen, die die Genehmi-gung für das FKK-Gelände beschaffen sollten. Es trug sich alles zu wie im Film.

Zuerst kam ein dicker, schwarzer Mercedes angefahren, ihm folgte ein Amischlitten, ein Cadillac. Ich dachte da an noch nichts Schlimmes, ich dachte nur an reiche Italiener, mehr nicht. Wie üb-lich fand die Begrüßungszeremonie statt. Als wir zum eigentli-chen Thema kamen, wurde mir von dem Sprecher zugesichert, dass die Behörden und gewisse Leute, zu denen auch er gehöre, keine Einwände bezüglich FKK hätten, wenn ein Obolus von fünf

Prozent der Kaufsumme aller Häuser, also nicht nur des Grundstückes, an die Betreffenden abgeführt werde.

Jetzt ging bei mir im Kopf die Alarmanlage richtig los. Mir wurde klar, dass ich es hier mit der Mafia zu tun hatte. Der Wortführer meinte, wenn er die Angelegenheit jetzt oder in der nächsten Woche abklären solle, müsse natürlich, wie in Italien angeblich üblich, jeder von uns zweien, damit meinte er Herrn L. und mich, sofort 100.000 DM bezahlen. Dieses Geld werde bei einem Notar, den er gut kenne, treuhänderisch hinterlegt und verwaltet. Ich hatte natürlich keinen Scheck dabei und auf sein Drängen hin, ich könne doch meine Bank anrufen, entgegnete ich, dass bis jetzt die Parzelle ja noch dem Bruder von Leonardo gehöre. Daraufhin machte der Wortführer der Mafia den ersten großen Fehler, denn er erklärte, dass die beglaubigte Vollmacht bereits beim Notar liege und wenn das Geld vorläge, könne die Überschreibung sofort vollzogen werden.

Ich hatte nur noch einen Gedanken: Wie komme ich wieder ins Flugzeug und zurück nach Deutschland? Im Beisein der Italiener, die nur an meinem Geld interessiert waren, rief ich bei meinem Reisebüro in Deutschland an, mit der Bitte, für mich zwei Flüge von Stuttgart nach Sardinien zu reservieren, und zwar in etwa 14 Tagen. Ich sagte den Anwesenden, dass mein eigener Architekt, der auch maßgebend für mich in Frankreich tätig sei, bei meinem nächsten Besuch in Sardinien unbedingt dabei sein müsse, um sich ein Bild machen zu können. Dies war mit Herrn Leonardo von Anfang an so besprochen und dieser bestätigte das auch.

Ich versprach den Mafios alles und wir diskutierten bis spät in die Nacht, wie wir dieses Objekt in Europa am besten vermarkten könnten. Ich versprach den Kameraden sogar eine Umsatzbeteiligung, wenn der Verkauf so verlaufen sollte, wie ich mir das vorstellte, obwohl ich nicht im Traum daran dachte, noch einmal mit diese Herren zusammenzukommen. Ich hatte nur noch den Wunsch, wieder zurück nach Deutschland zu kommen.

Ich muss mich an diesem Abend sehr gut verkauft haben, denn alle Herren nahmen mir meine Geschichte und das Interesse am Verkauf der Ferienanlage ab, glaubten, dass ich nun das Geld besorgen würde, und wir trennten uns wie alte Freunde. Das Fazit: Überall lauern Ganoven!

Nach 14 Tagen erhielt ich prompt einen Telefonanruf von Herrn Leonardo, wann ich denn kommen würde, denn die Herren würden dringend auf mich warten. Ich erklärte ihm, dass ich infolge außergewöhnlicher Umstände zurzeit keine Mittel für dieses Objekt zur Verfügung gestellt bekäme, was ich sehr bedauern würde. Für mich war dieses Objekt Sardinien gestorben und wieder einmal hieß es für mich: außer Spesen nichts gewesen. Trotzdem war ich gut weggekommen, denn als ich Jahre später einem guten italienischen Bekannten, der sein Land sehr gut kennt, von meinem Erlebnis in Sardinien erzählte, meinte er nur, dass ich Glück gehabt hätte, denn dieser Trick sei dort uralt und trotzdem würden immer wieder dumme Deutsche und Engländer darauf reinfallen.

Anfang 1986 hatte die Direktion der Firma Euronat die Idee, ein Motel in Euronat zu erstellen, und zwar mit 50 Zimmern, Konferenzzimmern und einem Restaurant. Die Zimmer sollten eine Größe von etwa 30 qm haben. Ich war von dieser Idee begeistert und die von mir überarbeiteten Grundrisse waren ideal. Ich dachte daran, das Motel gemeinsam mit meinen damaligen Eigentümern zu bauen. Ich wollte dazu eine BGR gründen und jeder sollte sich ab DM 30.000 beteiligen. Das Interesse der Eigentümer war groß und für mich war alles klar. Ich ließ einen Hochglanz-Prospekt drucken und die Werbung anlaufen. Wie vereinbart zahlte ich als Anzahlung die Summe von DM 100.000 auf das Konto der Firma Euronat ein. Mein Fehler war, dass ich die Begeisterung der Eigentümer der Firma Euronat mitgeteilt hatte. Bei der Direktionsbesprechung wurde mir kurz darauf erklärt, dass sich das Planungsbüro in Bordeaux leider verrechnet hätte, das

Motel würde DM 280.000 mehr kosten. Wer das glaubt, wird selig! Euronat wollte mehr daran verdienen. Ich war so verärgert, dass ich sofort erklärte, dass für mich somit das Objekt gestorben sei. Und wieder war es so weit: außer Spesen nichts gewesen. Die geleistete Anzahlung von DM 100.000 überließ ich Euronat wieder einmal als Kredit.

Inzwischen war unsere Firma in der FKK-Touristik-Branche bekannt. Uns war bewusst, dass nur durch einen guten Service und optimale Kundenbetreuung, die von uns oft übertrieben wurde, der Erfolg gesichert war. Bei jedem Meeting erklärte ich den Mitarbeitern, dass nicht meine Frau und ich die Chefs seien, der Boss sei immer nur der Kunde, nur der Kunde sichere den Lohn. Nur ein zufriedener Kunde würde unsere Firma weiterempfehlen. Die Mitarbeiter, die dies nicht verstanden, waren auch nicht lange für uns tätig. Als Jobber während der Hauptreisezeit beschäftigten wir meistens Studenten mit Französischkenntnissen aus Deutschland. Oft mussten wir allerdings feststellen, dass diese schnell die französische Mentalität annahmen und das Savoir vivre ihrer Arbeit bevorzugten.

Nicht zu Unrecht gilt der Ausspruch, dass ein Deutscher schneller Franzose wird als ein Franzose Deutscher. Ein Franzose spricht Französisch, auch wenn er deine Sprache kennt, und bemüht sich wenig, dich zu verstehen. Wenn er jedoch ein Geschäft ahnt, ändert sich das. Dies habe ich vor vielen Jahren schon in Cap d'Agde erlebt. Auch die Denkweise ist oft anders. Dann ist noch der Unterschied, ob du mit ihm als Urlauber oder Geschäftsmann zu tun hast. Und wenn du in Frankreich geschäftlich Erfolg hast, dann zieh dich warm an ... Ich musste diese negative Einstellung leider mehrfach hinnehmen.

Ich war immer, wie schon zu Zeiten von Port Nature, auf den Touristikmessen vertreten, teils mit eigenem Messestand, teils als Mieter bei Maisons de la France. Besser, wenn auch wesentlich teurer, war es, einen eigenen Messestand zu haben, denn dann konnte man seine eigenen Ideen gestalten und musste sich nach niemandem richten. Mit mir auf der Messe war Jean Luc, ein Franzose, verheiratet mit einer Deutschen. Seit vielen Jahren war er während der Hauptreisezeit als Chefanimateur in Euronat beschäftigt.

Die Messen waren immer wahnsinnig anstrengend. Von morgens ums 9.00 Uhr bis abends um 19.00 Uhr in den Messehallen: Es war warm und laut, die Werbung um Neukunden herausfordernd, die Füße standen uns oft bis zum Halse und abends waren wir geschafft. Es kam bei uns beiden schon mal vor, dass wir uns nach der Messe nur kurz ausruhen wollten und erst morgens wieder aufwachten.

Wir waren auf den Messen in Stuttgart, Essen, Hamburg, Leipzig und München, und das viele, viele Jahre. Schön war immer, wenn uns am Messestand unsere Euronat-Kunden besuchten. Es gab jedes Mal ein Hallo und es waren auch welche dabei, die von morgens bis abends bei uns verweilten und auch unsere Arbeit übernahmen, den Messebesuchern von Euronat erzählten und versuchten, sie von der Schönheit Euronats zu überzeugen. Leider manchmal auch schon in angetrunkenem Zustand, denn von dem guten Medoc-Wein, den wir dort ausschenkten, waren auch sie angetan. Auch der Sekt, den wir als französischen Champagner anboten, fand reißenden Absatz. Da wir meistens die einzigen FKK-Aussteller auf der Messe waren, kannte uns zwei in den vielen Jahren fast jeder Aussteller und wir hatten zu allen gute Beziehungen.

Auch mit dem SWR pflegte ich gute Kontakte und ein Schild, auf dem SWR 3 draufstand, half mir immer, mein Auto kostenlos zu parken, und zwar immer nahe beim Eingang. Andere mussten oft weit laufen. Auch die Größe des Wagens schaffte mir vielleicht bei den Parkwächtern Respekt, denn ich fuhr schon 1986 einen Jaguar. Ich hatte schon immer eine Schwäche für Autos. Zu dieser Marke kam ich, als ein Kunde, der eine Jaguar-Vertretung hatte, bei mir ein Haus kaufte. Eine Hand wäscht die andere, also war mein nächstes Auto ein Jaguar.

Die Messeauftritte waren für mich immer wieder spannend. Man wusste zwar, wer der Standpartner war, doch man wusste vorher nie, wie sich das Standpersonal verhielt. Einmal hatte ich das Vergnügen, in der Nähe eines türkischen Reiseveranstalters zu stehen. Nichts gegen türkische Musik, aber von morgens bis abends, durchgehend, ohne Unterbrechung, das war für mein Nervenkostüm doch zu viel. Das Standpersonal hatte leider kein Mitleid mit mir und ignorierte meinen Wunsch nach kleinen Pausen.

Bei jeder Touristikmesse gibt es einen Tag, an dem die diversen Reisebüros zur Information eingeladen werden, so auch in Hamburg. Bei unserem Stand war in diesem Jahr das ganze Medoc-Gebiet mit diversen Angeboten vertreten und wir konnten uns somit für diesen Abend einen guten Entertainer leisten. Teddy war im norddeutschen Raum bekannt wie ein bunter Hund. Sein Repertoire umfasste Frank Sinatra, Tom Jones, Engelbert und viele andere. Jean Luc und ich halfen Teddy, seine Musikanlage aufzubauen und als wir gegen 18 Uhr fertig waren, gingen neben uns die Lautsprecher los – es waren Lautsprecher, mit denen man Petrus hätte aufwecken können.

Wie es unter Kollegen üblich ist, kann man einen Plan machen, damit jeder zu seinem Recht kommt. Nicht so bei unserem türkischen Nachbarn. Der bestand darauf, durchgehend türkische Musik zu spielen. Teddy hatte zwar zwei große Boxen, doch unser Nachbar hatte sechs von dieser Größe. Ich versuchte, das Problem mit dem Standleiter friedlich zu lösen, und zwar so, dass jeder abwechselnd 15 Minuten seine Musik spielen konnte. Der Standleiter war damit einverstanden, doch es dauerte nicht lange, dann wurde wieder durchgehend gespielt. Als ich wütend in Richtung türkische Musik lief, kam mir der Standleiter schon entgegen und erklärte mir, dass sein Chef darauf bestehe, keine Pausen zu machen. Als ich den Chef zur Rede stellte, gab er mir zu verstehen, dass ihn nicht interessiere, was unter Kollegen üblich sei, sondern erklärte mir, dass er einen viel größeren Stand als wir hätten und er daher nicht bereit sei, einen Kompromiss einzugehen. Zudem müsse er ja die Musiker bezahlen. Teddy versuchte natürlich seine Boxen auf Vollgas zu stellen, doch es war eine Zumutung, wie es in der Halle schallte. Der Hallenmeister konnte auch nichts ausrichten bei dem türkischen Reiseveranstalter, obwohl er ihm androhte, dass dies ein Nachspiel für ihn hätte, doch dies beeindruckte ihn nicht.

Ich hatte mich schon immer für Stromleitungen interessiert und fragte den Hallenmeister, wie und wo gewisse Leitungen abgesichert seien. Da wir uns schon viele Jahre kannten, zeigte er mir, wo ich die diversen Sicherungen finden konnte, und erklärte mir, dass er, da ein Kollege krank geworden ist, noch andere Hallen beaufsichtigen müsse und in wenigen Minuten mit dem Rundgang beginnen würde. Ich wartete kurz und auf einmal war die Hauptstromleitung zum Nachbarstand unterbrochen und alles war still. Alles Suchen war umsonst, der Stand blieb ohne Strom. Ja, so etwas kann sogar in Hamburg passieren.

Die anderen Stände weigerten sich, dass der Nachbar bei ihnen Strom abzapfte. Erst als der Hallenmeister nach gut einer Stunde von seinem Rundgang zurückkam, löste er das Problem. Seine Vermutung, dass die Leitungen überlastet waren, wollte der türkische Reiseveranstalter komischerweise nicht glauben bis der Hallenmeister böse wurde. Normalerweise sollte man sich mit einem Hallenmeister nicht anlegen, denn der ist hier mächtig und kann dir, wie andere Kollegen bereits erfahren haben, in den zukünftigen Jahren das Leben auf der Messe schwer machen. Auf alle Fälle: Der Abend war gerettet. Der türkische Reiseveranstalter und wir boten abwechselnd den Gästen unsere Musik an und alle waren zufrieden. Der Stromausfall hatte somit allen geholfen.

Trotzdem habe ich immer darauf geachtet, zukünftig von diesem Veranstalter weit entfernt zu sein.

Aus 28 Jahren Messetätigkeit kann man überhaupt viel erzählen. Vor allem von den Touristikmessen. Sie sind meines Dafürhaltens für eine Firma in unserer Größe viel zu teuer. Man sagt ja, 50 Prozent der Werbung seien überflüssig, doch keiner konnte mir bis heute sagen, welche 50 Prozent. Die Messeveranstalter sprechen wohl immer von einem riesigen Besucherrekord, den ich anzweifle, besonders die Zuwachszahlen. Es wird wohl gesprochen, dass Buchungen am Messestand abgeschlossen werden, doch im Verhältnis zum Kostenaufwand sind diese einfach zu gering. Wir haben festgestellt, dass viele Urlauber, die bereits Gäste bei uns in Frankreich waren, uns immer wieder besuchten.

Die beste Werbung ist immer noch die Mund-zu-Mund-Propaganda. Selbstverständlich gewannen wir auch neue Kunden auf der Messe, doch beim Gespräch mussten wir meistens feststellen, dass sie von unserem Urlaubsparadies bereits von anderen gehört hatten. Für uns war die Präsentation auf der Messe immer ein teurer Spaß, denn es waren nicht nur die Standkosten zu bezahlen, auch die Kosten für Fahrt, Mitarbeiter, Übernachtungen, Bewirtungen usw. waren beachtlich. Zudem wurde viel Prospektmaterial benötigt, da auch die Zahl der Prospektsammler nicht gering war.

Auf Anregung unserer Werbeagentur in Hamburg luden wir nach der Touristikmesse in Hamburg Journalisten verschiedener Zeitungen zur Information über das FKK-Ferienzentrum Euronat ein. Die Mitarbeiter der Werbeagentur organisierten in ihrem Büro ein wunderbares französisches Essen mit Hummer, Muscheln, Krabben und anderen Köstlichkeiten, Champagner und Medoc-Wein inbegriffen. Es wurde zu einem gemütlichen Nachmittag, doch zum Schluss war uns nicht klar, ob das Interesse der Journalisten mehr unserem Ferienzentrum oder unserem Gourmet-Essen galt.

Die Resonanz hat jedenfalls nicht unseren Erwartungen ent-
sprochen. Doch nachhaltig war die Schlagzeile in einem bekannten Journal: „EIN CLEVERER SCHWABE ZIEHT DEN NACK-
TEN DAS GELD AUS DER TASCHE."

Damit war ich gemeint.

In den letzten 20 Jahren war immer Jean-Luc, der Chefanimateur von Euronat, auf den Messen mit dabei, der die Firma Euronat vertrat. Er war Franzose, doch er wohnte in Deutschland. Wir
waren ein eingespieltes Team, doch es kam öfter vor, dass es mit
dem Prospektversand von Frankreich aus nicht so geklappt hat.
Manchmal wurden Prospekte in holländischer oder französischer
Sprache geschickt, manchmal kamen sie einige Tage zu spät. Es
kam auch einmal vor, dass wir erst in der Nacht vor Messebeginn
den französischen Stand zugeteilt bekamen und die ganze Nacht
durcharbeiten mussten.

Mein ehemaliger Partner und Freund Hubert war gern auf der Messe und wir hatten zusammen viel zu lachen. Einmal in Hamburg besuchten wir ein bayerisches Restaurant mit allem Drum und Dran, so einen richtigen Touristikschuppen mit Blaskapelle und Bedienungen im Dirndl.

Jean-Luc und ich mussten die Toilette aufsuchen und während unserer Abwesenheit hatte Hubert das Essen schon bestellt. In dem guten Glauben, dass er das schon richtig gemacht haben würde, überließen wir ihm die ehrenvolle Aufgabe. Nur eines hatten wir vergessen: dass wir in Deutschland und nicht in Frankreich waren und Hubert kein Deutsch sprach.

Wir saßen zu dritt an einem großen Biertisch für acht Leute. Als erstes kam für jeden ein Liter Bier – das ging noch. Dann wurden nacheinander serviert: Suppe, Eisbein mit Sauerkraut und Knödel, danach Kalbshaxe mit Rotkraut und nochmals Knödel. Ich fragte die Bedienung, ob sie sich nicht am Tisch geirrt hätte, doch sie beteuerte, dass Hubert dies alles bestellt habe. Es wurde ein sehr langer und anstrengender Abend. Gott sei Dank hatten wir die Hoteladresse schriftlich dabei, denn wir wussten alle nicht mehr, in welchem Hotel wir übernachteten.

Ein anderes schönes Erlebnis hatten wir in Leipzig. Nach der Messe gingen wir gemeinsam zum Abendessen. Diesmal nicht wie üblich in der Gruppe, da die anderen Kollegen noch nicht fertig waren. In der Hotelhalle angekommen, bemerkten wir, dass gut angezogene Personen in einen großen Nebenraum gingen. Sie wurden alle vom Koch und dem Restaurantleiter mit Handschlag begrüßt.

Neugierig, wie ich schon immer war, wollte ich der Sache auf den Grund gehen und schaute durch die Glasscheibe in den Raum. Ich sah ein riesiges Buffet aufgebaut. Da Jean-Luc und ich auch im dunklen Anzug mit Krawatte waren, dachte ich, so aus Spaß, das Abendessen sei auch für uns gerichtet. Jean-Luc, der meine Absicht noch nicht erkannt hatte, da er etwas später in die

Hotelhalle kam, folgte mir, ohne Fragen zu stellen, auf Schritt und Tritt. Ich ging auf den Koch und den Restaurantleiter zu, als wären wir alte Bekannte. Auch wir beide wurden mit Handschlag begrüßt und schon waren wir im Raum. Ich steuerte auf einen Tisch zu, bei dem ich noch zwei freie Plätze sah.

In dem Saal waren Personen, die uns alle fremd waren, und ich bemerkte, dass sie sich auch nicht alle untereinander kannten. Mir fiel nur auf, dass wir beide zu den ältesten Teilnehmer zählten. Drei Tische weiter von uns saß eine Gruppe etwa im gleichen Alter, die uns nicht gerade freundliche Blicke zuwarfen, irgendwie schienen sie schlecht gelaunt. Ich konnte das gute Essen nicht genießen, denn ich konnte, zur Verwunderung von Jean-Luc, ein Grinsen nicht sein lassen.

Natürlich waren wir auch bei der Auswahl des Weines sehr großzügig und prosteten damit, da wir höfliche Menschen waren, den Gästen mit den nicht so freundlichen Blicken zu. Später stellte sich heraus, dass diesen Herren eines der größten Reisebüros der neuen Bundesländer gehörte und ihre Mitarbeiter zum Buffet eingeladen hatten. Uns konnten sie nirgends zuordnen.

Als Jean-Luc von den Mitarbeitern erfuhr, dass ihre Chefs an dem Tisch saßen, wollte er nur noch eins – ganz schnell den Saal verlassen. Er ging auf die Toilette und kam nicht wieder, ich folgte ihm. Ganz heimlich, still und leise verließ auch ich den gastlichen Raum.

Als am nächsten Tag Hubert in Leipzig eintraf, erzählte ich ihm von unserem Erlebnis. Hubert, der immer zu jeder Schandtat bereit war, wollte dieses Ritual gleich auch versuchen. Wir waren nun acht Personen. Wieder war ein schönes Buffet. aufgebaut für eine geschlossene Gesellschaft. Diesmal klappte es jedoch nicht.

Der Restaurantleiter und der Koch, die uns am Vorabend freundlich willkommen geheißen hatten, bedauerten sehr, uns sagen zu müssen, dass sie uns nicht einlassen könnten, dass es heute nicht klappen würde. Wir mussten somit auswärts zum Abendessen gehen. Doch Spaß hatten wir allemal.

Sehr peinlich war es einmal in Stuttgart. Ich musste, was menschlich ist, auf die Toilette. Da passierte das Missgeschick. Mein Handy fiel aus der Jackentasche auf den Boden und rutschte weiter in die Nachbarkabine. Ich bückte mich und suchte in der Nachbarkabine mit der Hand nach meinem Handy, denn ich wusste, es konnte nicht weit sein. Dabei dachte ich nicht daran, dass diese Kabine besetzt sein könnte. Auf einmal ein Aufschrei, denn ich hatte mit meiner Hand versehentlich nach dem Besucher der Nachbartoilette gegriffen. Der hatte nichts anderes zu tun, als mit seinem Fuß mir auf die Hand zu treten – jetzt schrie ich. Den Herren, die außerhalb der Kabinen ihr Geschäft verrichteten, dachten sich Wunder was, hauptsächlich von mir. Ich konnte das Missgeschick mit dem Handy aufklären, doch mein Handgelenk war ganz schön geschwollen. Die Moral von der Geschichte: Wenn du auf der Toilette bist, greife nie zum Nachbarn hinüber.

Als ich Jean-Luc davon erzählte, lachte er sich halbtot, was nicht so gut war. Natürlich wussten auch bald die anderen Aussteller von meinem Missgeschick.

Eine sehr große Enttäuschung, die ich leider nicht vergessen kann, erlebte ich in der Zeit, als ich im Krankenhaus in Ulm lag. Zu dieser Zeit fand in Leipzig die Touristikmesse statt. Unter den Kollegen, die mich bei der Messe vermissten, sprach es sich natürlich sehr schnell herum, dass der Strässer wieder an Krebs erkrankt war und es ihm nicht gut ginge. Es wurde Geld gesammelt, um mir Blumen zu schicken. Bei mir kamen jedoch die Blumen nie an. Ein Jahr später war ich wieder auf der Messe dabei – Totgesagte leben länger – und wurde gefragt, ob ich mich über die Blumen gefreut hätte. Als ich sagte, dass ich keine Blumen erhalten hätte, waren sich einige nicht sicher, was sie glauben sollten. Derjenige, der bei Fleurop den Auftrag erteilen sollte, versicherte uns allen, dass er bei dem besagten Blumengeschäft, das keine 100

Meter von dem Messegelände entfernt war, die Blumen bestellte hätte. Unsere Nachfrage ergab leider, dass in dem Auftragsbuch des Blumenladens kein Auftrag zu finden war. Ich wollte den Kollegen zur Rede stellen, doch der ging mir konstant aus dem Wege, früher hatte er sich ständig bei mir am Messestand aufgehalten.

Der größte Fehler, den man im Leben machen kann, ist, wenn man glaubt, einen Menschen zu kennen. Die Enttäuschung folgt oft auf dem Fuß, denn man kann ja nur von dem Menschen enttäuscht werden, an den man geglaubt hat. Und das tut weh. Aber nur mit Misstrauen den Menschen entgegenzutreten, ist nicht meine Lebensart.

Anfang April 1987 fragte mich mein Freund Hubert, ob ich jemanden kennen würde, der seinen schönen Katamaran kaufen wolle. Für mich sollte eine Provision von 30 Prozent herausspringen. Ich kannte das Boot, einen Hochseekatamaran mit einer Länge von über 9 Metern und einer Breite von über 7 Metern. Es war wunderschön mit großem Salon, zwei Schlafräumen, kompletter Küche und geschmackvoll ausgestattet. Die Sitzmöglichkeiten waren mit schneeweißem Leder überzogen. Es besaß alle Raffinessen, das Trapez und der Spinnaker waren neu, GPS und Radar topfit, und da die zwei Maschinen generalüberholt waren, erschien mir als Landratte der genannte Preis angemessen.

Bei seinem nächsten Aufenthalt in Euronat erkundigte Hubert sich nach einem Käufer, doch ich hatte keinen. So machte er mir persönlich das Kaufangebot zum Freundschaftspreis. Das Schlitzohr hatte genau bemerkt, dass ich schon immer einen Blick auf dieses Boot geworfen hatte und am Abend, nach drei oder vielleicht auch mehr Flaschen Wein, kamen wir wieder auf das Boot zu sprechen und er machte mir einen Superpreis. Morgens gegen zwei Uhr schlug ich ein. Ich weiß nur noch, dass ich es kaum schaffte, Hubert ins Bett zu bringen, und dachte daher am anderen Morgen, dass er meine Kaufzusage vergessen hätte. Das glaubte leider nur ich. Er begrüßte mich am Frühstückstisch und beglückwünschte mich zu meinem Boot. Jetzt hatte ich ein Boot, aber keinen Bootsschein. Unwissend wie ich war, hatte ich keine Ahnung, wie schwer es ist, ein Bootsprüfung zu bestehen.

In Deutschland angekommen, erzählte ich meiner Frau, dass wir jetzt ein Boot, einen Katamaran unser Eigen nennen dürften. Meine Frau reagierte nicht so, wie ich dies gern gehabt hätte, sie war stinksauer auf mich und ich konnte ihrem Argument, keine Zeit für die Familie, aber Zeit für ein Boot zu haben, nichts entgegnen. Gott sei Dank freute sich unser Sohn Martin über das Boot und versuchte, seine Mutter zu beschwichtigen.

Für den Bootsschein hatte ich nur acht Wochen Zeit, denn zu Saisonbeginn, Mitte Juni, wollte ich ja wieder in Frankreich sein. Ich wusste, dass 15 Kilometer von uns entfernt jemand wohnte, bei dem ich die Bootsausbildung machen konnte. Mir wurde gesagt, dass Walter, so hieß der Lehrer, die besten Prüfungsergebnisse nachweisen konnte.

Gesagt, getan – ich fuhr zu ihm und erklärte ihm, dass ich in acht Wochen spätestens den Bootsführerschein haben müsse. Walter meinte, dies sei kein Problem, wenn ich ab sofort jeden Tag zur Schulung kommen würde. Ich musste also in den sauren Apfel beißen.

Am ersten Tag erklärte er mir kurz, wie er sich den Einzelunterricht mit mir vorstellen könne und ich war davon angetan. Walter sagte mir, dass es üblich sei, gleich bei Beginn die Kosten voll zu leisten. Dass Einzelunterricht natürlich teurer war als Gruppenunterricht, brauche ich nicht zu erwähnen. Warum Walter erst voll kassierte, bevor er nur eine Stunde unterrichtet hatte, wurde mir gleich bewusst, denn ich glaube, dass mindestens die Hälfte der Schüler nicht bis zum Abschluss durchgehalten haben. Wäre ich nicht bereits im Besitz dieses Katamaran gewesen, hätte ich hundertprozentig auch das Handtuch geworfen. Mir wären die Kosten für den Bootsschein egal gewesen, und das sage ich als Schwabe. Jeden Morgen um 5.00 Uhr klingelte der Wecker und bis 9.00 Uhr fragte mich meine Frau ab, was ich vom Erlernten wie dem Mist „Flaggenkunde" und vieles mehr noch wusste. Abends nach Büroschluss ging die Tortur weiter.

Wenn mein Sohn mich nicht andauernd von London aus motiviert hätte, ich glaube, ich hätte den Führerschein nie bekommen. Auch meine Mitarbeiter im Büro hatten Zweifel und eine Sekretärin erzählte mir, dass ihr Sohn den Flugschein gemacht hätte, aber bei der Prüfung für den Bootsführerschein durchgefallen sei. Sie meinte, dass im Schnitt von 30 Prüflingen nur 12 bestehen.

Mich hatte der Ehrgeiz gepackt und ich wollte allen beweisen, dass auch Ältere es schaffen können. Kurz vor der Prüfung sagte mir mein Ausbilder, dass ich noch zum Augenarzt müsse, um einen Sehtest zu machen. Innerhalb von zwei Tagen hatte ich einen Termin. Nachdem mir der Augenarzt meine Brille abgenommen und den Sehtest durchgeführt hatte, fragte er mich, ob ich einen Blindenhund hätte, denn nach seiner Beurteilung sei ich für einen Bootsschein vollkommen untauglich.

Wir kamen ins Gespräch und nachdem ich ihm von meiner Tätigkeit in Frankreich erzählt hatte und er mir von seinen Urlaubswünschen berichtete, kontrollierte er nochmals meine Augen und konnte nun feststellen, dass die Augenstärke doch für den Bootsschein ausreichen würde. Ich bekam den notwendigen Stempel und hatte somit die Augenüberprüfung bestanden. Acht Tage später war die Prüfung und kaum zu glauben: Wider aller Erwarten hatte ich die Prüfung bestanden. Welch ein Glückstag!

Nun hatte ich ein Boot, einen Boots-Führerschein, aber leider wenig Zeit, Bootsfahrten zu unternehmen, obwohl das Boot nur 18 km entfernt im Hafen von Royan lag. Sonntags, wenn ich frei hatte, fuhr ich mit der Fähre nach Royan und meistens verbrachte ich die Zeit dort mit der Bootsreinigung, denn das große Boot alleine zu fahren, traute ich mir doch nicht zu, denn ich war nun mal noch blutiger Anfänger.

Im Sommer ergab es sich, dass zwei Skipper zu mir stießen, ein deutscher und ein französischer. Der deutsche Skipper war ein Urlauber aus Ludwigsburg, also wohnte er bei mir in der Nähe. Und der Franzose war der Ehemann meiner damaligen Touristik-managerin.

Eines Tages hatte ich die Idee, meinen Katamaran unseren Urlaubern zur Ausfahrt zur Verfügung zu stellen, damit sie zu Hause erzählen konnten: Ich habe einen Segelturn auf dem Atlantik gemacht! Auch sollte es für MS-Touristik eine Werbung sein. Gegen einen geringen Obolus konnten acht Personen mit dem Skipper auf das Schiff. Die Ausfahrten waren gefragt, denn es hatte sich schnell herumgesprochen, wie aufregend die Bootsfahrten waren und wie köstlich die kostenlose Verpflegung.

Leider nahmen diese Ausfahrten ein schnelles Ende, denn eines Tages erschien ein hoher Offizier aus Bordeaux bei mir und legte mein Boot an die Kette. Irgendjemand, ich vermutete die Konkurrenz, hatte mich angezeigt, denn ich hatte versäumt, diese Ausfahrten gewerblich anzumelden. Wenn der Fahrpreis auch nicht einmal meine Kosten gedeckt hatte, so hätten die Einnahmen jedoch gewerblich veranlagt werden müssen. Zu meinem weiteren Erstaunen wurde mir zudem mitgeteilt, dass erstens der Skipper ein Kapitäns-Führerschein haben müsse, zweitens eine Spezialversicherung notwendig sei und drittens eine staatliche Genehmigung erforderlich wäre.

Mir wurde nach der Zurechtweisung durch den Polizeioffizier klar, dass ich natürlich blauäugig und voll im Unrecht war und ich war froh, dass mir keiner Böses wollte, denn wäre einer der Mitfahrenden über Bord gegangen – der Atlantik ist ja nicht das Mittelmeer –, wäre ich bestimmt nie mehr glücklich geworden. Gute Worte von meinem Freund Hubert halfen, dass ich nur mit einer geringen Geldstrafe davon kam. Wieder einmal hatte ich Glück.

Ende September bekam ich einen Anruf von meinem Büro aus Frankreich, dass sich bei dem großen Sturm mein Boot losgerissen habe und außerhalb des Yachthafens auf Grund läge. Die Rettungsschwimmer von Euronat, die natürlich auch eine Tauchausrüstung hätten, wären gerade dabei, das Boot mit Hilfe eines Schleppers mit einem kleinen Kran wieder hochzuziehen und leer zu pumpen. Ein Freund von Hubert würde sich um ein großes Boot kümmern, das meinen Katamaran dann wieder sicher in den Hafen brächte.

Da ich viel Arbeit in Deutschland hatte, war ich natürlich froh, dass sich Hubert der Sache angenommen hatte. Mein französischer Skipper, der mich sofort anrief, behauptete stocksteif, dass er das Boot hundertprozentig fachmännisch angebunden hätte, ihn würde keine Schuld treffen.

Mein Freund Hubert kümmerte sich tatsächlich um das Boot. Er meldete den Schaden der Versicherung und ließ das Boot von der Werft in Arcachon abholen. Die zerlegten das Boot und brachten es auf einem Tieflader zur Reparatur. Es wurde festgestellt, dass auf der Backbordseite zwei Löcher im Rumpf waren, so groß wie ein Wagenrad. Dadurch war das Boot auch untergegangen.

Ich war froh, dass Hubert diese Angelegenheit in die Hand genommen hatte, denn ich als Ausländer hätte schlechte Karten gehabt. Mit der Versicherung gab es wenig Probleme, denn Gott sei Dank war das Boot bei der Versicherung angemeldet, die auch alle Häuser in Euronat versicherte.

Der Katamaran lag bis März in der Werft von Arcachon, bis ich endlich die Meldung bekam, dass sämtliche Schäden behoben seien und das Boot abgeholt werden könne. Mein Freund Hubert fuhr mich mit seiner Frau nach Arcachon, meine zwei Skipper waren bereits vor Ort. Beide absolute Profis mit Atlantik-Erfahrung, ich als Eigentümer war nur ein Leichtmatrose. Auf der Fahrt hörte Hubert kurz vor Arcachon die Nachrichten und meinte daraufhin zu mir, dass er es für besser hielte, das Boot nicht, wie vorgesehen, gleich wieder nach Royan zu fahren, da starker Sturm angesagt sei. Nebenbei erklärte er mir, dass gegen Seekrankheit das beste Mittel eine Flasche Cognac und Baguette seien, das würde auf jeden Fall helfen.

Nach der Bootsabnahme besprach ich mit meinen Skippern die Situation. Mein französischer Skipper, der die Gegend und den Atlantik hier wie seine Westentasche kannte, hörte sich nochmals den Wetterbericht an und meinte, dass wir es trotz der Sturmwarnung wagen könnten, das Boot nach Hause zu fahren. Die Warnung von Hubert wurde nicht ernst genommen.

Frühmorgens, nachdem wir uns vom Hafenmeister abgemeldet hatten, machten wir die Leinen los. Auch der Hafenmeister warnte uns vor dem Sturm und empfahl uns, zwei Tage zu warten, doch mein Skipper wollte nicht warten, da er in Paris einen für ihn wichtigen Termin wahrnehmen musste. So fuhren wir also los. Nach etwa einer Stunde auf dem Meer wurde es Richtung Norden richtig dunkel, eine Gewitterfront kam direkt auf uns zu. Wir bekamen Zweifel, doch zurückzufahren war unmöglich, der nächste Hafen war zu weit weg. Uns blieb nichts anderes übrig, als in die Schlechtwetterfront hineinzufahren. An unserem Funkradio war die Hölle los. Ununterbrochen wurden wir angerufen, Eurocat – so hieß mein Boot – sofort wieder in den Hafen zurückzufahren, von überall kamen Warnungen, dass direkt auf uns ein Sturm zukäme. Es regnete in Strömen und ich als Brillenträger konnte nichts mehr sehen. Wir mussten uns angurten, denn sonst hätte uns der Sturm vom Boot geblasen. Das Boot stellte sich fast senkrecht hoch und krachte dann wieder in ein Wellental. Die zwei Skipper mussten alles geben, was sie konnten. Komischerweise hatte ich keine Angst, ich hatte blindes Vertrauen zu meinen Skippern. Vielleicht lag es auch an der halben Flasche Cognac, die ich inzwischen geleert hatte.

Das ganze Rufen nach meinem Boot – angeblich inzwischen auf allen Sendern – war durch den Sturm von uns nicht zu hören, dies erfuhren wir später von Hubert, der alle Kanäle gehört hatte.

Nach etwa drei Stunden beruhigte sich der Sturm etwas und nachdem wir uns einigermaßen orientiert hatten, wo wir uns befanden, meldeten wir uns über das Radio und konnten glücklicherweise mitteilen, dass wir alles gut überstanden hatten. Erst jetzt bekam ich weiche Knie, was vielleicht auch auf die leere Flasche Cognac zurückzuführen war.

Abends gegen 21.00 Uhr erreichten wir endlich den Yachthafen von Royan. Der Katamaran hat den Sturm nur heil überstanden, weil er frisch renoviert von der Werft kam. Meiner Familie habe ich diese Geschichte erst Jahre später erzählt und auch nicht so deutlich wie jetzt.

Mit dem Katamaran hatte ich natürlich noch mehr Erlebnisse: Einmal hätte ich beinahe einen Frachter gerammt. Man glaubt es nicht, wie schnell Container-Schiffe sind. Ich lag auf dem Trapez und döste vor mich hin – das konnte ich mir erlauben, denn ich hatte zwei Gäste an Bord, die im Besitz eines Bootscheines waren und Ruder und Aufsicht übernahmen – bis plötzlich ein Frachter Signal gab. Aufgeschreckt sah ich das Ungetüm auf mich zu fahren. Schnell sprang ich auf und mir gelang es gerade noch, den Katamaran aus dem Fahrwasser des Frachters wegzulenken. Durch die zwei Motoren, die mein Boot hatte, konnte ich eine Maschine mit Vollgas vorwärts und die andere rückwärts abdrehen. Über Funkspruch hörte ich viele „liebe" Worte, die ich Gott sei

Dank nicht verstanden habe. Meine zwei Matrosen waren schneeweiß im Gesicht, entweder durch den Schreck oder durch die hohen Wellen, die das Boot jetzt durch die Nähe des Frachters abbekam. Nun stellte sich heraus, dass meine zwei Schiffer genauso wenig Ahnung vom Segeln hatten wie ich, denn auch sie hatten ihren Bootsschein auf dem ruhigen Neckar gemacht.

Es gäbe noch viele Geschichten zu erzählen, doch es reicht, wenn sie mir in Erinnerung bleiben. Ich muss heute noch meinem Schutzengel danken, dass nicht noch mehr passiert ist.

Nach zwei Jahren Bootsbesitz konnte ich einen Käufer finden. Ich habe mich über den Kauf des Bootes riesig gefreut, doch noch viel mehr, als ich es wieder los war.

Das richtige Beherrschen eines Bootes bedarf viel Übung – wie beim Golfen, nur dass man hier nicht ertrinken kann, wenn man einen Fehler macht. Und ich, ich war ein paarmal nahe dran gewesen. Heute weiß ich, dass sich mit meinem Boot auf dem Neckar besser aufgehoben gewesen wäre als auf dem stürmischen Atlantik.

Das Feriengelände Euronat entwickelte sich fast so, wie ich es mir gewünscht hatte. Das Einkaufszentrum wurde das Herz dieses Objekts. Wir vom MS-Team versuchten durch persönlichen Einsatz dieses „Herz" zu beleben. Eine Unterstützung diesbezüglich von Seiten der Firma Euronat gab es leider nie – im Gegenteil.

Auf der Touristikmesse in Leipzig – gleich nach der Wende – lernte ich durch Zufall Gerd kennen, einen Mann, der in einem der damals renommierten Hotels, dem Hotel Astoria, als Rezeptionschef gearbeitet hatte. Wir verstanden uns vom ersten Augenblick an. Auch mein Freund Hubert war von ihm sofort begeistert.

Da ich mich dummerweise auf Empfehlung meines Steuerberaters an einem Abschreibungsobjekt im Bayerischen Wald beteiligt hatte, hatte ich ein großes Problem, denn der von dem Bauträger beauftragte Geschäftsführer war nicht nur ein Schwätzer, er war auch eine absolute Null.

Geplant waren Hotel-Appartements, also ein Haus mit Appartements in Verbindung mit einer Gaststätte. Die Appartements befanden sich bereits im Bau. Ein Appartementhaus im Naturschutzgebiet – landschaftlich wunderschön gelegen –, doch wir alle, die sich an dem Objekt beteiligt hatten, konnten nicht wissen, was da auf uns zukommen sollte.

Nachdem wir den damaligen Geschäftsführer zum Teufel gejagt hatten, war uns allen bewusst, dass das Objekt nur in Verbindung mit einer Gaststätte vermietet werden konnte.

Direkt neben dem Appartementhaus befand sich ein alter historischer Gasthof, der so heruntergekommen war, dass ein Abriss die Lösung gewesen wäre. Dies war aber nicht möglich, da der Gasthof unter Denkmalschutz stand. Uns blieb also nichts anderes übrig, wir mussten aus alt nun neu machen.

Keiner der Investoren war vom Ort, dies hieß, nach jemandem

zu schauen, der dieses Haus führen und auch den Umbau beaufsichtigen wird. Meine Gedanken waren sofort bei Gerd aus Leipzig. Er kam auch mit Familie, wohnte in einem der Appartements und gemeinsam mit MS-Touristik versuchte er, dieses Objekt wieder auf den Markt zu bringen.

Es war für unseren Sachsen nicht einfach, sich als Großstädter dort einzugewöhnen. Noch schlimmer waren die Miteigentümer, denn keiner hatte von Touristik und einem Hotelbetrieb eine Ahnung, aber jeder wollte mitreden. Gerd und meine Firma setzten alles daran, das Objekt gut zu vermarkten, doch ein Dankeschön bekamen wir nicht Im Gegenteil: Die Investoren waren immer unzufrieden und machten uns das Leben schwer. Sie erreichten damit, dass wir bald aufgaben. Heute wären alle froh, wir würden das Objekt noch betreiben, denn wir hatten im ersten Jahr schon eine Auslastung von etwa 30 Prozent, was bis heute nicht übertroffen wurde.

Kurz entschlossen konnte ich Gerd überreden, mit seiner Familie nach Frankreich zu kommen und dort für uns EURONAT zu managen. Ich ließ ihm freie Hand und Gerd fühlte sich wohl als Touristikmanager in Frankreich. Für mich war wichtig, dass er sich bestens mit den Eigentümern und Gästen verstand, Eigeninitiative ins Geschäft einbrachte und ich mich somit voll auf das Immobiliengeschäft konzentrieren konnte.

Inzwischen verfügten wir auch über sechs Tennisplätze, von einem deutschen Hersteller mit Kunstrasen ausgelegt. Es wurden regelmäßig Turniere veranstaltet, teils auch zugunsten von Unicef.

Damit unsere Gäste auch einen Treffpunkt hatten, stellten wir auf diesem Gelände einen Getränke-Kiosk auf und boten in der Hauptsaison dort einmal in der Woche auch Musik an. Das Angebot wurde gern angenommen und die Stühle am Kiosk waren regelmäßig besetzt.

Dies wiederum passte den Gastronomen im Einkaufsdorf, die sehr gut von unseren Urlaubsgästen lebten, absolut nicht und sie machten uns als „Konkurrenten" das Leben schwer. Es kam sogar zum Prozess, den ich als Deutscher leider verlor.

Im Jahre 1995 starb mein Freund und Partner Hubert leider viel zu früh. Von diesem Tag an wurde das Verhältnis zwischen meiner Firma und der Firma Euronat immer angespannter. Bei Hubert wurden Reklamationen bearbeitet und abgestellt, es wurde über alles gesprochen – das war vorbei. Mit Hubert gab es ein Geben und Nehmen, was es möglich machte, das Feriendorf zu dem zu machen, was es heute ist. Ganz klar, auch zwischen uns beiden gab es oft Meinungsverschiedenheiten, die oft auch laut ausgetragen wurden, doch wir fanden immer schnell wieder zueinander. Oft fuhr Hubert mit seinem Fahrrad durch das Gelände, sprach mit den Eigentümern und Urlaubern, was von jedem geschätzt wurde. Was aus den Gesprächen verwirklicht worden wurde, ist ein anderes Thema, auf alle Fälle: Unsere Kunden wurden, im Gegensatz zu heute, wahrgenommen.

Nach dem Tod von Hubert wurde die Firma von seinem Sohn geleitet. Auch mit ihm war die Zusammenarbeit zufriedenstellend, bis dessen Schwager den Vorsitz der Firma übernahm. Jetzt wurde nur noch bestimmt und meine Arbeit teilweise boykottiert, denn wir wurden der jetzigen Direktion zu groß.

Als ich daraufhin einmal dem Schwiegersohn klarmachte, dass ich es sei, der seinem Schwiegervater oft finanziell aus der Patsche geholfen hätte und es ohne meine Hilfe Euronat vielleicht gar nicht bestehen würde, erklärte er mir, dass ihn das, was sein Schwiegervater und ich gemeinsam gemacht hätten, überhaupt nicht interessiere. Vielleicht wäre es gut gewesen, wenn Hubert seine Nachfolger über unser Tun unterrichtet hätte, doch dafür war er wahrscheinlich zu stolz. Als Dankeschön für seine Wirkungskraft in Euronat wurde im Einkaufszentrum ein kleines Blechschild angebracht. Das Geben und Nehmen hatte nun ein

Ende ...

Im September 1996 besuchte mich im Verkaufsbüro ein
Stammgast, ein Arzt, und erzählte mir, dass der von uns arran-
gierte Abend am Kiosk wieder einmal – wie in alten Zeiten – wunderschön gewesen war und warum ich nicht anwesend gewesen
sei.

Ich erzählte ihm, dass ich ein kleines Problem hätte – mein Urin
sei so dunkel wie Coca-Cola und obwohl ich keine Schmerzen
hätte, sei ich ein wenig beunruhigt. Er meinte, dass dies alles Mögliche sein könne, wahrscheinlich jedoch die Niere oder die Blase.

Ich befragte daraufhin alle Ärzte, von denen ich wusste, dass
sie sich derzeit in Euronat aufhielten, und alle stellten die gleiche
Diagnose. Nachdem ich mich auch noch telefonisch bei einem
Kunden, einem Professor aus Erlangen, schlau machte, befolgte
ich dessen Rat, mich sofort bei einem Urologen untersuchen zu
lassen. Er vereinbarte auch selbst gleich einen Termin im Kathari-
nen-Hospital in Stuttgart. Für mich hieß dies, sofort die Koffer zu
packen und in Richtung Heimat zu fahren.

Der Urologe stellte einen Tumor in der Blase fest und zwei
Tage später war ich auch schon operiert. Die Mitteilung, dass der
Tumor bösartig war und dass mit der Entfernung dieses Tumors
keine Garantie gegeben sei, dass damit alles vorbei wäre, traf
mich wie eine Keule. Jetzt, wo ich soweit alles erreicht hatte, sollte
alles vorbei sein? Dieses Gefühl wünsche ich keinem.

Eine Chemotherapie war nicht möglich. Etwa drei Monate
nach der Operation hatte sich wieder ein Tumor gebildet, und
zwar auf der anderen Seite der Blase. Von einem guten Bekannten
wurde mir für diese Operation ein absoluter Spezialist auf diesem
Gebiet empfohlen, ein Professor aus der Uniklinik in Ulm. Einen
Tag nach der Untersuchung wurde ich vom Professor persönlich
operiert.

Dieser war dafür bekannt, dass er seinen Patienten gern die Wahrheit sagte. So erklärte er mir, dass es eine sehr schwierige Operation gewesen sei, da sich der Tumor direkt an der Blutbahn befand. Er hätte alles getan, was in seiner Macht stünde, doch er könne für nichts garantieren. Es könne gut gehen, doch mein Leben könne auch in einem halben Jahr zu Ende sein.

Zusätzlich zu den mir verschriebenen Medikamenten verpasste ich mir regelmäßig per Spritze ein Mistelpräparat. Für mich und meine Familie war dies eine sehr schwere Zeit, doch durch meine Arbeit und den starken Willen, mich nicht unterkriegen zu lassen, habe ich es geschafft.

Gott sei Dank gab es im Geschäftsleben auch erfreuliche Erinnerungen. Das Negative verliert schneller an Wert als das Positive. Eines Tages kam ein Kunde auf mich zu und sprach mich an: „Herr Strässer, ich bin, wie Ihnen bekannt, ein alter Kunde von Ihnen und glaube, Sie gut zu kennen. Haben Sie Probleme?"

Mich überraschte diese direkte Frage sehr. Der Kunde stellte sich vor als Psychologe und Schriftsteller. Wie ich später erfuhr, war er jahrelang in Indien bei Bhagwan gewesen. Seine Lehr- bzw. Fachbücher wurden auch in Amerika veröffentlicht.

Wir vereinbarten am Abend ein Gespräch am Strand. Während des Spaziergangs forderte er mich auf, ihm 30 Minuten von meinen ganzen Problemen zu erzählen. Ich wusste gar nicht, wie lange 30 Minuten sein können! Danach musste ich ihm über alles Angenehme in meinem Leben erzählen. Die 30 Minuten reichten bei weitem nicht aus. Auf alle Fälle wurde mir bewusst, dass das Gute in meinem Leben überwiegt. Er erklärte mir, wie ich mich täglich selbst motivieren kann: „Es fängt morgens schon an. Stelle dich vor den Spiegel und sage dreimal laut ,Halleluja'. Wenn du jemanden triffst, grüße laut: ,Guten Morgen, Herr bzw. Frau … Du wirst sehn, wie die Menschen regelrecht erschrecken, denn heutzutage gehen wir ohne Gruß aneinander vorbei. Beim nächsten Treffen werden sie dich grüßen!"

Viele Jahre kam dieser Menschenkenner mit einer Gruppe von 10 - 20 Personen zum Meditieren und zur Selbstfindung zu uns nach Euronat.

Da wir in Frankreich hauptsächlich Stammkunden hatten, die teils 30 Jahre zu uns gekommen sind, hatten wir ein Vertrauensverhältnis aufgebaut. So hatten Lis und ich Stunden damit verbracht, die Probleme unserer Kunden anzuhören. Unser Büro wurde manchmal zum reinsten Kummerkasten.

Doch wir erlebten auch viele, viele lustige Geschichten. Einmal kam ein Urlaubsgast ganz aufgeregt ins Büro gehetzt und erzählte, dass er beim letzten Tanken seine Frau an der Tankstelle vergessen und dies erst jetzt nach 120 km bemerkt habe. Lis rief gleich bei der Tankstelle an und von dort wurde ihr mitgeteilt, dass die Frau mit einem Reisemobil weitergefahren sei. Zufällig handelte es sich bei diesem Reisemobilfahrer auch um einen Euronat-Urlauber – welch ein Glück.

Wie ein Häufchen Elend saß unser Urlauber bei uns im Büro und wartete auf seine Frau. Dass diese auf ihn stinksauer war, sah man gleich, als sie zu uns ins Büro kam. Es war nicht lustig, was der arme Kerl zu hören bekam! Es war gut, dass sich der Empfang bei uns im Büro abgespielt hat, denn so konnten wir mit einer Flasche Rotwein und unseren „Ratschlägen" ihre „zärtlichen" Worte und „Liebkosungen" eindämmen. Noch Jahre später lachten wir gemeinsam über diesen Zwischenfall.

Einmal hatte ein Urlauber mit seinem Urlaub auch das Pech gebucht. Los ging es in Paris. Ein Motorradfahrer fuhr auf sein Auto. Wider Erwarten blieb der Fahrer außer ein paar kleinen Schrammen unverletzt. Da unser Kunde der französischen Sprache nicht mächtig war und mit der Polizei nicht klar kam, rief er uns telefonisch zu Hilfe und wir konnten die Angelegenheit klären. Doch kurz darauf kam der zweite Anruf von ihm. Ein holländischer Wohnwagenfahrer hatte sein Fahrrad auf der Autobahn verloren und dieses war beim Überholen direkt auf sein Autodach gefallen.

Alle guten Dinge waren drei. Genervt kam unser Kunde auf die Fähre und bemerkte zu sein Kindern, wie froh er sei, dass Euronat nur noch 20 Minuten entfernt liege. Beim Verlassen der Fähre war es dann wieder soweit: Ein Lastwagen fuhr vorwärts und dann gleich wieder rückwärts und riss ihm dabei die vordere Stoßstange des Autos weg.

Jetzt war er total fertig mit den Nerven und bat uns telefonisch um Hilfe. Lis und ich fuhren sofort zur Fähre, erledigten die notwendigen Formalitäten und brachten ihn und seine Familie nach Euronat. Tagelang mussten wir für den Geschädigten noch Schreibarbeiten hinsichtlich dieser Unfälle erledigen. Auf der Touristikmesse in Essen besuchte er mich und erklärte mir, dass er nie mehr nach Frankreich fahren würde. An dieser Stelle danke ich dem ADAC, der uns bei solchen Angelegenheiten immer unbürokratisch und schnell in Frankreich geholfen hat.

Ein Kunde, der mit seinen Schwiegereltern in Deutschland im gleichen Haus wohnte, fuhr am gleichen Tag wie seine Schwiegereltern in den Urlaub. Er nach Euronat, sie nach Tirol.

Beide Familien hatten neue Reisekoffer. In Frankreich musste er feststellen, dass sein Schwiegervater, der wie jedes Jahr die Koffer ins Auto eingeladen hatte (laut seiner Frau kann er das nicht), die Koffer verwechselt hatte. Der Schaden war nicht sehr groß, da in Euronat wenig Kleidung benötigt wird, doch die Schwiegereltern in Tirol hatten ein Problem.

Eines Tages kam gegen 18.00 Uhr eine langjährige Kundin ganz aufgeregt in mein Büro gestürmt und fragte, ob wir ihren Mann gesehen hätten, denn schon seit Stunden sei er spurlos verschwunden. Die Angelegenheit klärte sich später auf. Mein Kunde, ein Zahnarzt, traf auf dem Markt in Montalivet zufällig einen alten Studienkollegen. Das Wiedersehen musste gefeiert werden und so folgten auf dem Markt verschiedene Weinproben. Der Studienkollege erzählte, dass er in der Nähe von Arcachon ein Haus gekauft habe und überredete meinen Kunden, mit ihm dorthin zu fahren.

Mein Zahnarzt wollte seiner Frau mitteilen, dass er am Abend wieder zurück sei, doch am Telefon war nur sein kleiner Sohn, der seiner Mama nur mitteilte, dass Papa blau sei. Wir suchten überall vergeblich nach ihm, auch die Rückfrage im Krankenhaus war negativ. Wir informierten die Polizei und erfuhren dort, dass auch Unfälle nicht gemeldet waren.

Sehr spät erzählte uns ein Pizzabäcker aus Montalivet, dass er einen Mann gesehen habe, auf den unsere Beschreibung passe. Er sei mit zwei anderen Männern in ein Auto mit deutschem Kennzeichen gestiegen. Alle drei Männer wären guter Stimmung gewesen.

Am anderen Morgen hat mein Kunde sich telefonisch bei seiner Frau gemeldet, doch da sie ihm nur liebe Worte an den Kopf geworfen hatte, kam er erst zwei Tage später wieder nach Euronat. Er kam zuerst zu uns ins Büro, um sich zu informieren, besser gesagt, um einen Lagebericht von uns zu erhalten. Ich fuhr mit ihm in sein Ferienhaus, wo er absolut nicht liebevoll von seiner Frau empfangen wurde. Es gab kein Happy End, denn zwei Tage später fuhren sie nach Hause und kamen nie mehr nach Euronat. Schade, denn er war wirklich ein reizender Kunde.

Leider gab es auch sehr unangenehme Situationen, die mir fest in Erinnerung blieben.

Etwas, das jeder Reiseveranstalter befürchtet, ist das Wort „Überbelegung". Es kam bei uns nicht oft vor, doch jedes Mal war es einmal zu viel. Wir konnten immer eine Lösung finden, gerecht unserem Slogan: Bei MS gibt es keine Probleme, sondern nur Lösungen. Doch einmal hatte ich voll „in die Toilette gegriffen", wie man so schön sagt.

Die Überbelegung wurde am Mittwoch festgestellt, normalerweise noch genug Zeit, um den Buchungsfehler durch die Zusammenarbeit mit Euronat oder dem Reiseveranstalter Oböna auszugleichen. Doch hier konnte uns keiner helfen, denn es war ein großes Haus mit zwei Schlafräumen in Strandnähe gebucht worden, womit unsere Kollegen auch nicht mehr dienen konnten, denn auch sie waren voll ausgebucht.

Wir überlegten lange, bis uns eine Lösung einfiel. Mir war bekannt, dass das neue Haus eines guten Bekannten aus Bremen frei war. Das Problem war nur, dass dieser sein Haus, das mit viel Liebe und Luxus ausgestattet war, nur selbst nutzen und nicht vermieten wollte.

Ich rief bei ihm in Bremen an, schilderte ihm meine Notlage und konnte ihn letztendlich dazu überreden, mir das Haus zur Verfügung zu stellen. Ich hatte ihm erklärt, dass ich den Mieter gut kennen würde und er das Haus pfleglich behandeln würde. Seine Bedingung war, dass ihm das Haus in drei Wochen blitzsauber übergeben werden würde und seine Frau von der Vermietung nichts erfahren dürfte. Gesagt, getan. Der Urlauber – mein mir seit Jahren bekannter Kunde Dr. Müller aus Heilbronn - konnte also anreisen.

Ein paar Tage später hörte ich morgens gegen 11 Uhr über Funk, dass ein Ferienhaus im Dorf „Südamerika" brenne. Ich fuhr sofort los und musste mit Entsetzen feststellen, dass es das neue Haus meines Bekannten aus Bremen war. Ein Nachbar hatte festgestellt, dass aus dem Haus Qualm herauskam und mit dem Feuerlöscher den Brand gelöscht.

Für mich bot sich ein Bild des Grauens. Die Innenräume waren schwarz, die Holzverkleidung schwarz, die Gardinen angesengt, die Küchenmöbel schwarz. Zudem musste ich feststellen, dass es sich bei dem Mieter nicht um meinen Stammkunden aus Heilbronn gehandelt hat, sondern einen Namensvetter, der zum ersten Mal mit Frau, drei Kindern (11, 8 und 1 Jahr) und Hund in Euronat war. Das Feuer war entstanden, weil die Kinder Öl auf den Herd gestellt hatten, um Pommes frites zu machen. Das elfjährige Mädchen stellte Herd und Dunstabzugshaube an und ging hinaus, um mit der Schwester Ball zu spielen. Die Eltern waren zum Einkaufen gefahren. Das Öl kochte und durch den Sog der Dunstabzugshaube wurde das Feuer noch beschleunigt.

Was tun? Es blieb mir nichts anderes übrig, als meinen Bekannten in Bremen anzurufen und ihm zu sagen, was passiert war. Ich versicherte ihm wohl, dass wir bis zu seiner Ankunft alles wieder in Ordnung bringen würden, doch bei ihm kam keine Freude auf. Jetzt musste er seiner Frau beichten, dass er, um mir einen Gefallen zu tun, das Haus für drei Wochen hatte vermieten lassen. Wie er mir später erzählte, kam es dabei zu einem riesigen Familienkrach. Für mich verständlich.

Wie üblich machte ich am späten Nachmittag meine Runde, die auch am Tennisplatz vorbeiführte. Dort sah ich einen mir bekannten Tennisspieler aus Belgien sitzen mit einem verbundenen Arm. Als ich ihn fragte, wie er sich verletzt habe, sagte er mir, dass er sich seinen Arm verbrannt habe und erzählte mir, dass dies bei dem Hausbrand passiert sei, als er das Kleinkind, das im Wohnraum in einer Wippe saß, herausgeholt, also gerettet hatte. Er merkte dabei an, dass die Eltern des Kindes, denen davon erzählt worden war, es nicht einmal für nötig befunden hätten, sich dafür bei ihm zu bedanken. Ich glaubte schlecht zu hören, ich wollte dies nicht wahrhaben.

Am nächsten Morgen hörte ich über Funk, dass der Mieter aus Heilbronn sein Auto packte – er wollte sich still und heimlich verdrücken. Ich benachrichtigte die Direktion und die Polizei, die sich zufällig in Euronat aufhielten. Mit meinem Freund Hubert und einem Polizeibeamten fuhr ich zu dem Haus. Wir stellten den Gast zur Rede und sprachen ihn auch darauf an, dass er sich nicht bei dem Retter seines Kindes bedankt habe. Als er daraufhin bemerkte, dass er das nicht nötig habe, brannten bei mir die Sicherungen durch. Der Mieter fiel von der Terrasse und lag kopfüber im Sand – er musste auf einer Bananenschale ausgerutscht sein! Seine Behauptung, dass ich ihm eine gedonnert hätte, wurde von Hubert und dem Polizisten ignoriert und sie behaupteten, davon nichts gesehen zu haben. Herr Müller wollte mich diesbezüglich in Deutschland verklagen, doch da kam nichts.

Ihm war schon bewusst, dass dieser Prozess für ihn nicht gut ausgegangen wäre. Sein Benehmen war absolut nicht zu entschuldigen und wir schämten uns für ihn.

Die Brandschäden im Haus konnten wir beheben und mein Bekannter konnte mit seiner Frau in ein schönes, beinahe neues Haus einziehen. Noch heute sind wir Freunde.

Eine sehr peinliche Situation hat sich einmal ergeben, die noch heute unglaublich klingt, doch sie ist wahr. Der Haustyp „Rencontre" besteht aus vier Studios. Jedes Studio ist mit einer Terrasse ausgestattet, die nach einer der vier Himmelsrichtungen Nord, Ost, Süd oder West ausgerichtet ist.

An einem Samstag fanden in allen vier Studios Mieterwechsel statt. In dem Ost-Studio wohnte jetzt ein Ehepaar, etwa 30 - 40 Jahre alt, in dem Nord-Studio eine Mutter mit ihrem 19jährigen

Sohn. Die Mieter kannten sich nicht und begrüßten sich bei der Ankunft nur mit einem kurzen Hallo. Das Ehepaar war schon öfter in Euronat gewesen und hatte bereits einen Bekanntenkreis. Wie üblich waren sie zu einem Begrüßungstrunk eingeladen. Die Ehefrau, die von der Fahrt etwas müde war, ging bald nach Hause, der Ehemann blieb noch in der feuchtfröhlichen Runde und kam etwas später nach. Um seine Frau nicht aufzuwecken, schlich er sich ganz leise und ohne das Licht anzumachen in das Studio und legte sich zum Schlafen auf die Couch im Wohnraum. In seinem Dusel hatte er nicht bemerkt, dass er im falschen Studio war. Auch die Mutter des 19jährigen, der mit anderen Jugendlichen die Nacht am Strand verbrachte, hatte von dem Eindringling nichts mitbekommen. Alle schliefen den Schlaf der Gerechten, wie man so schön sagt.

Am anderen Morgen gegen 8 Uhr wurde ich mit Funk benachrichtigt, dass die Frau im Ost-Studio ihren Mann vermisste. Nachdem ihr die Bekannten bestätigt hatten, dass er gegen 24 Uhr nach Hause gegangen war, hatte sie sich hilfesuchend an meinen Mitarbeiter gewandt.

Nach 9 Uhr fuhr ich zum Studio, um die Frau, die ganz verzweifelt war, zu beruhigen. Während unserer Unterhaltung kam die Frau aus dem Nord-Studio aufgeregt zur Türe heraus, denn aufgeweckt durch unseren Lärm, musste sie feststellen, dass nicht ihr Sohn, sondern ein fremder Mann auf ihrer Couch schlief.

Der arme Mann … Ich werde die zweifelnden Gesichter aller Beteiligten nicht vergessen, als klar war, dass der Mann das Studio verwechselt und bei einer fremden Frau geschlafen hatte! Mir tat er schrecklich leid und trotzdem musste ich lachen. Beiden Frauen war die Situation sehr unangenehm und der Mann stand da wie ein begossener Pudel.

Um Frieden zu stiften, lud ich alle Beteiligten zu mir zum Mittagessen ein. Apropos Mittagessen. Ich habe noch gar nicht erwähnt, dass ich Hobby-Koch bin und man sagt, kein schlechter.

Vielleicht wird das auch nur so gesagt, weil das Essen bei mir nichts kostet. Die Verwechslungstragödie nahm auf alle Fälle ein gutes Ende und alle Beteiligten konnten nur noch darüber lachen.

Solche und andere Erlebnisse verbinden einen mit den Kunden. Was man da im Laufe der Zeit so alles mitbekommt! Leider nicht immer nur Erfreuliches. Zum Beispiel hat ein Kunde seine beiden Kinder bei einem Autounfall verloren. Die zwei Jungs hatten für mich immer Prospekte verteilt und noch heute, wenn ich nur daran denke, wird mir ganz anders zumute und meine eigenen angeblichen Probleme sind ganz plötzlich keine mehr.

Ein alter Urlaubskunde hatte ein ganz anderes „Problem". Er kam zu mir, beziehungsweise zu meiner Sekretärin Lis, mit der Bitte, doch einen Wohnungstausch vorzunehmen, denn er wolle unbedingt ein Haus am Strand. Er bewohnte eines unserer schönsten Häuser und wir wunderten uns daher sehr über sein Anliegen. Mit dem Haus an sich war er sehr zufrieden, doch bei der Buchung hatte er nicht beachtet, dass das Haus im Dorf „Asien" lag, also circa einen Kilometer entfernt vom Strand. Wir wollten dem Wunsche gerne nachkommen, da der Kunde zu unseren treuen Stammkunden zählte, doch alle Häuser waren besetzt und die Mieter, die wir befragten, ließen sich nicht zu einem Umzug bewegen. Der Kunde erklärte uns verzweifelt, dass er auch mit einer ganz einfachen Wohnung, auch einem Wohnwagen oder sogar Zelt einverstanden wäre. Wir konnten den Wunsch nicht nachvollziehen, da der Weg zum Strand ja wirklich nicht weit war und nahmen als Grund Eheprobleme an.

Da lagen wir gar nicht so falsch, denn wie sich später herausstellte, handelte es sich um Eheproblem, doch von einer ganz anderen Art, als wir dachten. Als wir ihm erklärten, dass unsere Mühen vergeblich gewesen seien und wir keine Unterkunft am Strand für ihn hatten finden können, ging er los und kaufte sich ein Zelt. Da er keine Ahnung hatte, wie ein Zelt aufgestellt werden musste, organisierte ich ihm zwei Bekannte, die ihm dabei halfen. Jetzt hatte er seine „Wohnung" direkt am Strand.

Allerdings wollten meine Sekretärin und ich es jetzt genau wissen. Warum tauschte dieser Mensch sein Haus gegen ein Zelt? Ich fragte ihn direkt und nach einigem Zögern bekam ich zur Antwort: „Meine Frau hat nur bei Meeresrauschen einen Orgasmus." Normalerweise bin ich nicht auf den Mund gefallen, doch jetzt blieb mir die Spucke weg. Als ich mich wieder gefangen hatte, fragte ich nur noch, ob er denn zu Hause direkt am Meer wohne. Ich bekam zur Antwort, dass dort das Meeresrauschen vom Recorder käme. Warum sollte man im Urlaub seine Gepflogenheiten aufgeben? Das Beste an der ganzen Sache: Der Mieter kaufte sich daraufhin von mir ein Haus direkt am Strand!

Leider mussten wir auch ab und zu Urlauber des Platzes verweisen, da sie sich nicht an die Hausordnung von Euronat hielten. Beispielsweise war es strengstens verboten, in Euronat zu grillen, da die Feuergefahr mitten im Kiefernwald extrem gefährlich war. Wer trotzdem meinte, sein Steak oder Würstchen auf dem offenen Grill braten zu müssen, hatte dann das Nachsehen.

Auch Urlauber, die nach 24.00 Uhr noch rauschende Partys feierten, mussten nach Abmahnungen Euronat verlassen. Ab Mitternacht hatte in Euronat absolute Ruhe zu herrschen. Auch Autofahren war danach nicht mehr erlaubt.

Einmal verärgerte ich ein Ehepaar beim Nackttanzen, das ich natürlich daraufhin von der Tanzfläche verwies. Auch die anderen anwesenden Gäste waren von diesem Ehepaar schockiert, denn auch ein FKK-Camp hat seine ästhetischen Vorstellungen …

1993 musste ich wieder zur vierteljährlichen Untersuchung ins Krankenhaus nach Ulm. Normalerweise ist dieser TÜV spätestens in zwei Tagen bzw. einer Übernachtung abgeschlossen. Diesmal lief es jedoch anders. Als ich aus der Narkose erwachte, bekam ich etwa eine Stunde später Besuch von einer guten Bekannten aus Ulm. Ich freute mich über das Wiedersehn und wir sprachen über belanglose Dinge, besonders jedoch über Euronat, wo auch sie ein Ferienhaus besaß.

Plötzlich bemerkte ich, dass es mir schrecklich heiß wurde – ich hatte Fieber. Die Krankenschwester brachte das Fieberthermometer: Es zeigte 40° an. Die mir sofort verabreichten Medikamente und Spritze halfen nichts, das Fieber sank nicht, sondern es stieg auf 41°. Die Krankenschwester lief aufgeregt umher und nur im Unterbewusstsein hörte ich die Stimme meiner Bekannten: „Wadenwickel ... Eis!"

Ich wurde ganz ruhig, richtig entspannt. Ich dachte nicht an meinen Sohn, nicht an meine Frau. Ich befand mich in einer Tunnelröhre und sah in der Ferne einen hellen Punkt. An diesen Zustand kann ich mich noch ganz genau erinnern und werde ihn nie vergessen.

Auf alle Fälle war Helga, mein Besuch, mein Schutzengel, denn die Wadenwickel und das Eis halfen, das Fieber zu senken und ich blieb der Welt erhalten. Andernfalls hätte ich meine Memoiren nicht mehr zu Papier bringen können. Bei der jährlichen Routineuntersuchung danach erfuhr ich von der Oberschwester, dass mein hohes Fieber auf einen Krankenhausvirus zurückzuführen war. Seit diesem Erlebnis haben ich und meine Familie eine ganz enge Verbindung zu Helga und ihrer Familie.

Inzwischen wurde in Euronat ein Thermalzentrum erstellt, das erste in Europa für Naturisten, geleitet von der Tochter des Präsidenten von Euronat, die, wie man hinter vorgehaltener Hand sagte, eigentlich die Chefin von Euronat war. Obwohl MS-Touristik mit seiner Werbung auch die Therme empfahl und viele unserer Mieter und Eigentümer Kunden dort waren, haben wir noch nie ein Dankeschön dafür bekommen. Doch anscheinend ist dies heute normal.

Lebenserfahrungen und Abenteuer

Um heutzutage bei der großen, oft nicht einmal qualifizierten Konkurrenz bestehen zu können, ist es sehr wichtig, auch einen guten Kontakt zur Hausbank zu haben, um, sollten einmal Probleme auftreten, mit dem richtigen Mitarbeiter darüber sprechen zu können. Da es auch gang und gäbe ist, Auskunft über den Geschäftspartner einzuholen, ist es immer gut, wenn die Auskunft der Bank positiv ausfällt.

Als ich mit der Selbständigkeit anfing, da herrschte in Deutschland immer noch Aufbruchstimmung und man konnte vieles machen, was heute unvorstellbar wäre. Damals brauchte jeder jeden und heute wird oft versucht, den anderen über den Tisch zu ziehen.

Heute ist es sehr, sehr wichtig, sich immer wieder weiterzubilden, um sich das nötige aktuelle Fachwissen anzueignen, doch leider benutzt man viel zu oft die Ellbogen, um ins Geschäft zu kommen.

Nach oben kommen wollen alle, wenn möglich ganz schnell, doch nur wenige schaffen es. Und warum schaffen es viele nicht, weil sie beim geringsten Widerstand umfallen und noch dazu die Schuld bei den anderen suchen.

Der irische Dichter Oliver Goldsmith sagte einmal: „Unser größter Stolz besteht nicht darin, niemals zu fallen, sondern jedes Mal, wenn wir fallen, wieder aufzustehen." Das Wiederaufstehen musste ich mehrmals üben. Es gab Zeiten, in denen ich so sehr gefallen bin, dass ich froh war, am Bankschalter 100 DM zu bekommen, doch mit diesen 100 DM habe ich mich wieder aufgefangen. Ich hätte auch in die nächste Kneipe gehen können, um meinen Kummer zu ersäufen!

Es gibt Momente, die bestimmte Entscheidungen bedürfen. Bei solch einer Situation habe ich immer das Plus-Minus-Spiel gespielt. Kann ich es mir erlauben? Was passiert, wenn ich es mache? Was passiert, wenn ich es nicht mache? Ich habe immer versucht, mir auch den Plan B zurechtzulegen. In dieser Situation muss man absolut ehrlich zu sich selbst sein. Ellbogen allein genügen nicht.

Oft habe ich Entscheidungen aus dem Bauch getroffen, die gegen den Markt liefen, was nicht gut ist, denn eine Marktanalyse ist das Wichtigste von allem. Natürlich kann sie auch falsch sein - das erleben wir ständig an der Börse.

Ich habe es so gehalten: Wenn 60 Prozent dagegen sprach und 40 Prozent dafür, habe ich mich immer für das Risiko entschieden. Ist jedoch eine Entscheidung getroffen, musst du voll zu dieser Entscheidung stehen und du wirst sehen, dass der Tag der Entscheidung ein Glückstag war und der Beginn einer neuen Herausforderung.

Viele machen den Fehler und reden und fragen sich überall durch, doch das ist der größte Fehler, denn viele der Befragten haben keine Ahnung und teils gönnen sie dir den Erfolg auch nicht. Hör auf deinen Bauch und verlasse dich nur auf dich selbst und eventuell auf deine Familie, denn die sind von allen noch am ehrlichsten.

Ein Urlauber in Euronat fragte mich einmal : „Junge, wie konntest du dieses finanzielle Risiko in Euronat eingehen?"

Ich habe überlegt und ihm geantwortet: „Ich hatte zwar kein Geld, jedoch ein gutes Bauchgefühl, den richtigen Partner und den Glauben an den Tourismus."

Glück gehört natürlich auch dazu und die Bereitschaft zur Arbeit.

Wenn man einen Entschluss gefasst hat, muss man dazu stehen. Ich kenne keinen erfolgreichen Geschäftsmann, der mit Plan B angefangen hat, alle haben mit Plan A angefangen.

Bei dieser Gelegenheit erzähle ich immer die Geschichte vom Frosch: Es war einmal ein Wettkampf unter Fröschen ausgeschrieben. Es ging darum, als erster die Kirchturmspitze zu erreichen. Viele Frösche gingen an den Start. Bei einer gewissen Höhe jedoch machten alle Halt, denn der Wind blies zu stark und von unten riefen alle, dass es zu gefährlich sei, weiter zu krabbeln. Ein Frosch jedoch kletterte weiter und erreichte mit viel Mühe das Ziel.

Als er wieder unten auf dem Boden angelangt war, fragten alle, warum er die Warnungen von unten nicht beachtet hätte und kehrtgemacht habe. Der Frosch gab keine Antwort und so stellte sich heraus, dass er taubstumm war.

Die Moral von der Geschichte: Wenn man von einer Aufgabe überzeugt ist und ein festes Ziel vor Augen hat, soll man es machen wie der Frosch, Augen zu und durch. Man muss an sich glauben, Zweifler schaffen es nie.

Ich habe in meinem Leben in vielen Ländern gearbeitet, am schwersten jedoch war es für mich in Frankreich, denn wenn man hier die Sprache nicht hundertprozentig beherrscht, steht man auf verlorenem Posten. Ein guter Bekannter von mir, ein Belgier, der als Dolmetscher für mich arbeitete, sagte einmal zu mir: „Manfred, als Unternehmer hier bist du gerne gesehen, wenn du Geld bringst und sie einen Vorteil von dir haben. Wenn du besser bist als sie, es besser machst, haben sie schon ein Problem, dann hast du nur Gegner, denn du bist und bleibst Ausländer."

Raimond ist leider schon einige Jahre tot, doch ich musste oft an seine Worte denken. Anfangs wollte ich es nicht wahrhaben, doch er hatte Recht. Obwohl auch bei uns hier der Satz zutrifft:

„Neid musst du dir verdienen, Mitleid bekommst du umsonst."

Wenn ich mit jungen Leuten zusammen bin, sage ich immer wieder: In der heutigen schnelllebigen Zeit ist das Heute schon das Gestern und Sprachkenntnisse sind besonders wichtig. Ich hätte mir viel Ärger ersparen können, wenn es mit der Sprache besser geklappt hätte und ich nicht immer auf einen Dolmetscher angewiesen gewesen wäre. Ich habe immer versucht, eine deutsche Dolmetscherin zu beschäftigen, denn sie denkt auch deutsch mit. Bei einer anderssprachigen Dolmetscherin ist die Denkweise oft anders.

Meine zwei Enkelkinder Maximilian und Sebastian wachsen zweisprachig auf (englisch und deutsch) und werden sich selbstverständlich noch weitere Sprachen aneignen.

Mein Sohn Martin hat in seiner Jugend sämtliche Hochs und Tiefs von mir mitbekommen. Das Auf und Ab waren auch Warnungen an ihn, manches besser zu machen als sein Vater. Auch er wird natürlich in seinem Leben viele Fehler machen, doch er wird vorsichtiger sein.

Das Wichtigste, was meine Frau und ich unserem Sohn geben konnten, war eine gute Schulausbildung und das hat er auch angenommen. Ihm bleiben daher viele Hürden erspart, die ich überwinden musste. Trotzdem warne ich jeden Personalchef, Mitarbeiter nur nach den Zeugnisnoten einzustellen, denn das Zeugnis sagt noch lange nichts über die Fähigkeiten und den Charakter des Menschen aus. Ich habe schon Leuten eine Chance gegeben, bei denen andere sich nur gewundert haben, wie ich „so jemanden" einstellen konnte. Es waren manchmal die Besten, die ich hatte.

Immer habe ich versucht, meinen Mitarbeitern das Wir-Gefühl zu vermitteln. Wenn es mir gut geht, soll es auch den Mitarbeitern gut gehen und sie sollen davon profitieren, da sie schließlich zum

Erfolg mit beigetragen haben. Diese Einstellung sollten sich mehr Unternehmer zu Herzen nehmen, denn selbst das kleinste Schräubchen in der Maschine läuft besser, wenn es geschmiert wird.

Gute Mitarbeiter zu finden, ist jedoch genauso schwer, wie eine Freundin zu finden, die einem ihren Geldbeutel ausleiht. In den Jahren meiner Selbständigkeit musste ich feststellen, dass eine Partnerschaft im Geschäftsleben immer mit Schwierigkeiten verbunden ist. Noch schlimmer ist es, wenn die Ehepartner mit im Geschäft sind, egal in welcher Position.

Nach meiner Ansicht entsteht Mobbing dadurch, dass der Chef bzw. der Vorgesetzte sich zu wenig um die Belange oder um die Stimmung seines Personals kümmert. Eines ist klar wie Wasser: Mobbing in der Firma schadet der Firma gewaltig. Ein guter Chef muss sein wie ein Schafhirte, der sich die Zeit nimmt, vorweg zu laufen und ein Vorbild zu sein. Und wenn ein Mitarbeiter gewillt ist, seine Arbeit gut zu machen, momentan jedoch Schwierigkeiten hat, dann sollte er ihn unterstützen und motivieren.

Den Dank bekommt die Firma zu hundert Prozent zurück. Wenn jedoch die Gutmütigkeit ausgenutzt wird, muss man sich von solchen Leuten trennen, denn dann kostet jeder Tag nur Nerven und Zeit.

Vertrauen ist gut, Kontrolle ist besser. Wenn jedoch mehr Kontrolle und wenig Vertrauen vorhanden ist, kann dies tödlich für die Firma sein. Einen Vertrauensbruch musste auch ich hinnehmen. Ich plante sogar, dieser Mitarbeiterin, die einige Jahre in Führungsposition für mich gearbeitet hatte, einen Teil der Firma zu übergeben, doch rechtzeitig bemerkte ich, dass von ihr nicht immer im Sinne der Firma gehandelt wurde und habe mich anders entschieden. Diese Entscheidung war richtig, und zwar nicht nur für mich, sondern auch für meine Kundschaft.

Den Ausbau des Ferienzentrums betrachte ich als mein Lebenswerk und die höchste Auszeichnung und die Bestätigung des

Gelingens meiner Arbeit bekam ich immer am Wochenende beim Mieterwechsel, wenn die Urlauber sich persönlich bei mir verabschiedeten und sich für den schönen Urlaub bedankten oder die Anreisenden kamen und mich begrüßten.

Auch tat es mir immer gut, wenn französische Eigentümer sich für meinen Einsatz bedankten mit den Worten, dass dieses Ferienzentrum ohne meinen Einsatz nicht das geworden wäre, was es heute sei. Und hätten die deutschen Eigentümer nicht die Richtung gegeben hinsichtlich Gründlichkeit und Sauberkeit, wäre das Feriendorf Euronat ein Objekt geworden wie jedes andere. Heute ist dieses FKK-Gelände in ganz Europa einmalig, was auch von seinen Kritikern bestätigt wird.

Für Kritik hatte ich immer ein offenes Ohr, denn wenn Kritik gerechtfertigt ist, kann sie nur von Nutzen sein. Meinem Nachfolger habe ich mitgegeben: Den Weg habe ich vorgegeben, in meinen Fußstapfen weiterzumachen, ist falsch. Die erfolgreiche Richtung ist beizubehalten, jedoch muss jeder seine eigene Spur ziehen. Immer ein offenes Ohr für Kritik haben und die Stärken der Mitarbeiter erkennen und Schwächen, wenn möglich, gemeinsam beheben.

Es kam öfter vor, dass die bestellten Häuser fertiggestellt waren und am Tag der notariellen Übertragung das notwendige Geld nicht vorhanden war. Die Firma Euronat bestand auf sofortige Bezahlung – mit Recht – und der Erwerber konnte nicht bezahlen.

Da gab es immer nur eine Lösung: MS sprang ein, und zwar ohne Sicherheit und Anspruch auf Zinsen. Dies wurde teilweise schamlos ausgenutzt und ich musste manchmal lange warten, bis die Rückzahlung an mich erfolgte.

Einmal stand das Haus eines Eigentümers sogar vor der Zwangsversteigerung. Ein paar Stunden vor der Versteigerung ließ ich mich von ihm überreden, ihm die fehlende Summe zur

Verfügung zu stellen. Er konnte sein Haus behalten. Woher er kurze Zeit später das Geld für einen großen Umbau hatte, war mir rätselhaft. Als Dankeschön für meine Gutmütigkeit hat er sein Haus dann nicht mehr über uns, sondern privat vermietet. Ich war froh, als ich wieder im Besitz meines Geldes war!

Im Nachhinein muss ich gestehen, dass ich in der Beurteilung meiner Kunden öfter auf meine Frau hätte hören sollen, denn sie hatte eine bessere Menschenkenntnis. Schon aus diesem Grunde empfehle ich allen Verkäufern, die Partnerin oder den Partner im Verkaufsgespräch nie zu unterschätzen und immer ins Verkaufsgespräch mit einzubeziehen.

Nicht selten bestimmen auch die Kinder, ob es zu einem Kaufvertrag kommt. Die Eltern fragen ihre Kinder, ob sie mit dem Kauf einverstanden sind. Kleine Kinder, die Langeweile haben, können ein Verkaufsgespräch enorm stören, vor allem dann, wenn die Eltern keine Grenzen setzen. Am Computer spielen, Sand in das Büro leeren, den Bürotisch bemalen, all das passierte unter der Aufsicht der Eltern, für die dies kein Grund zu einer Ermahnung war. Ich hielt für diese Fälle Papier und Farbstifte bereit, doch damit hatte ich meist wenig Erfolg.

Ich kann mich erinnern, dass ein kleiner Junge immer wieder versuchte, mit seinem Fuß an mein Schienbein zu treten. Auf meine und die Ermahnung der Eltern reagierte er überhaupt nicht. Ich war natürlich nicht gewillt, weiterhin mein Schienbein als Fußball zur Verfügung zu stellen. Ich wartete auf den nächsten Tritt, war schneller, trat zurück. Das tat dem Jungen ganz schön weh und das Geschrei war groß, doch ich hatte mein Problem gelöst. Ich sah die Familie nie wieder, doch auf solche Kunden kann ich gern verzichten!

In der Hauptsache erfolgte der Immobilienverkauf auf Empfehlungen. Eine Empfehlung ist immer die allerbeste Werbung, egal in welcher Branche man tätig ist. Empfehlungen erhält man jedoch nur, wenn die Kunden mit deiner Arbeit und dem Preis-

Leistungsverhältnis zufrieden sind.

Meinungsverschiedenheiten kommen immer auf, doch mit intelligenten Leuten können diese ausdiskutiert werden, mit dummen Leuten muss man eine Lösung finden. Wenn jedoch die Meinungen zu weit auseinander gehen und Anschuldigungen absolut nicht gerechtfertigt sind, muss man auch dagegen halten, denn der Kunde hat nicht immer Recht. In den letzten Jahren meiner Tätigkeit hatte ich viele „Wiederholungstäter". Dies waren Kunden, die auch ein zweites und drittes Haus bei mir erwarben.

Wenn deutsche Kunden Reklamationen vorbrachten, die meiner Ansicht auch berechtigt waren, hieß es bei der Direktion immer wieder: natürlich die Deutschen. Ich hatte zudem große Probleme, bei der Direktion Verbesserungsvorschläge vorzubringen. Und wenn diese akzeptiert wurden, wurden gleich die Preise erhöht, obwohl die Verbesserungen nicht mit Mehrkosten verbunden waren. Diese Politik ist tödlich, denn eine Kuh kann man nur solange melken, solange sie Milch gibt.

Es war Ende Dezember 1999, als ein Hurrikan mit einer Geschwindigkeit von 200 km/h über das Medoc und somit auch über Euronat hinweg zog. Ich befand mich nicht in Euronat, sondern zu Hause in Winnenden und meine Frau und ich überlegten uns gerade, wie wir Silvester verbringen sollten, als über Radio und TV die Nachricht kam, dass an der Atlantikküste am Golf von Biscaya ein Sturm ganze Landstriche verwüstet und teils dem Erdboden gleich gemacht habe. Auf meine telefonische Anfrage wurde mir mitgeteilt, dass die Strom- und Wasserversorgung total ausgefallen und etwa 600 Häuser beschädigt seien, manche total zerstört. Sämtliche Straßen und Zufahrtswege seien nicht befahrbar und der Zugang zu den Häusern infolge herumliegender Bäume nur zum Teil möglich.

Als ich diese Schadensnachricht bekam, konnte mich hier nichts mehr halten. Ich zog los und kaufte sämtliche Notstromaggregate, die ich auftreiben konnte, Dachpappe für mehrere tausend Quadratmeter und vieles mehr. Der LKW, den ich schnell angemietet hatte, war randvoll. Außer den Wasserkanistern hatte ich im LKW auch Benzin mitgenommen, da es im Umkreis von 30 Kilometern kein Benzin mehr gab. Und das war gut, denn die besten Motorsägen taugen nichts, wenn sie keinen Sprit haben.

Inzwischen kamen aus ganz Europa Hilfstrupps angereist, darunter auch Mannschaften des Technischen Hilfswerks aus Stuttgart und Hamburg. Jetzt erst wurde mir klar, wie wichtig solche Organisationen sind und was sie bei solch einer Katastrophe leisten können. Rund um die Uhr waren sie im Einsatz. Da die Zufahrten zu den Häusern durch die herumliegenden Bäume immer noch versperrt waren, gab es nur die Möglichkeit: über die Bäume klettern und sich einen Weg mit der Motorsäge regelrecht frei sägen.

Mit dem LKW über die Gironde zu kommen, war kein Problem. Aber danach … Über Schleichwege, die einigermaßen frei waren, musste ich mich an Euronat „heranpirschen", da die Polizei alle Zufahrtstraßen abgesperrt hatte, auch für mich, obwohl ich den LKW voller Hilfsgüter hatte. Es war kein Durchkommen.

In Euronat wurde ich sehnsüchtig erwartet und die mitgebrachten Motorsägen und Notstromaggregate kamen sofort zum Einsatz. Später wurde festgestellt, dass in der betroffenen Region etwa 5.000 Bäume vom Sturm abgeknickt und teilweise sogar entwurzelt waren. Mir kamen die Tränen. Sollte alles kaputt sein, was ich in 27 Jahren mit aufgebaut hatte? Es war furchtbar, dieses Chaos anzusehen. Das Gelände sah aus wie nach einem schweren Bombenangriff. Der Schaden, den der Sturm nur in Euronat angerichtet hatte, belief sich auf mehrere Millionen DM. Trotzdem: Wir hatten Glück, denn es waren keine Personenschäden zu verzeichnen und es gab kein Feuer.

Euronat hatte auch Glück mit den Räumungsarbeiten, denn der Sohn meines Freundes Hubert, der damals noch Präsident von Euronat war, war auch Besitzer eines Tiefbauunternehmens. Seine Maschinen – Raupen und Bagger – konnten sich innerhalb weniger Tage soweit vorarbeiten, dass die Hauptstraßen frei von Bäumen waren und eine Fahrspur befahrbar war. Wasser und Benzin gab es nur literweise, Strom war nur mit Hilfe der Notstromaggregate zu bekommen, von denen es leider zu wenige gab, denn im ganzen Medoc waren die Aggregate ausverkauft.

Eine Eigentümerin wollte mit ihrer Mutter noch schnell mit dem Auto die Flucht ergreifen, als der Sturm losging. Sie kam jedoch nicht weit, denn wenige Meter von ihrem Haus entfernt wurde sie von den umfallenden Bäumen regelrecht eingeschlossen und musste im Auto dieses Unwetter über sich ergehen lassen. Die zwei Frauen konnten erst nach Stunden befreit werden. Es war ein Wunder, dass sie in dieser Schicksalsnacht mit dem Leben davon gekommen sind.

Wie von selbst hat sich die Natur von dieser Naturkatastrophe in wenigen Jahren erholt und Euronat war danach schöner als je zuvor …

Die zweite Naturkatastrophe erlebten wir, als in Spanien ein Öltanker leck schlug. Als wir dies in den Nachrichten hörten, waren wir entsetzt, doch wir glaubten, dass uns das nicht beträfe, denn Spanien lag ja so weit von uns entfernt. Das dachten wir, doch wir wurden leider eines Besseren belehrt. Einige Tage nach dem verheerenden Unglück mussten wir am Strand Ölklumpen feststellen, der ganze schöne Strand war von Öl beschmutzt, und das kurz vor Saisonbeginn.

In Schutzanzügen wurde von morgens bis abends gearbeitet, die Ölklumpen beseitigt und das Öl abgetragen. Nach tagelanger Arbeit war auch dieses Problem gelöst. Die Medien berichteten zwar, dass die ganze Küste am Golf von Biscaya verschmutzt sei, doch dies entsprach nicht der Wahrheit. Ich persönlich nahm Kontakt mit der Zeitung auf, damit diese Fehlmeldungen berichtigt werden, doch ich hörte und las nirgends etwas von einer Entwarnung. So passierte es, dass Urlaubsbuchungen storniert wurden und viele Häuser im Sommer leer standen. Dies bedeutete für uns und die Eigentümer einen großen finanziellen Schaden. Von der französischen Regierung wurde uns zwar eine Entschädigung zugesagt, doch darauf warten wir heute noch. Wenigstens wurden die Fischer entschädigt.

Ich habe in meinem Berufsleben so viele Kilometer auf der Straße hinter mich gebracht, dass ich auch im Auto viel erlebte. Im Juni 2004 fuhr ich mit meiner Frau zu einer Bauabnahme nach Euronat. Kurz hinter Orleans befand sich eine Baustelle. Ich sah sie wohl, verringerte auch meine Geschwindigkeit. Da ich immer mit Blick in den Rückspiegel fahre, bemerkte ich leider nicht, dass die Autobahn ganz plötzlich mit Pylonen verengt war, also einspurig wurde. So geschah es, dass ich drei dieser Pylonen streifte und sie quer auf die Autobahn schleuderte. Meine Frau wunderte sich noch, dass ich diesen „Zuckerhüten" nicht auswich und direkt auf sie zufuhr. Uns passierte nichts, wir kamen mit dem Schrecken davon, wir hatten mal wieder viel Glück.

Da ich, wenn meine Frau mitfährt, nicht schneller als 140 Stundenkilometer auf der Autobahn fahren darf, warte ich immer bis sie einschläft und nütze dann die Gelegenheit, ein wenig schneller zu fahren. So war das auch bei einer anderen Fahrt: Ich fuhr mit 180 Stundenkilometern über die Autobahn, denn ich wollte noch rechtzeitig die Fähre in Royan bekommen. Die Straße war absolut leer – dachte ich – ich wusste nicht, dass die Polizei auch anwesend war. Sie stand wieder einmal hinter einer Brücke. Als ich das Radargerät entdeckte, unternahm ich eine Vollbremsung, doch leider zu spät. Ich ärgerte mich über meine Dummheit, denn mir war bekannt, dass sie meistens hinter den Brücken stehen. Kurz darauf sah ich hinter uns auch schon ein Motorrad auftauchen. Die Polizei, mein Freund und Helfer, verfolgte mich schon, überholte mich und zeigte mir an, dass ich hinter ihr herfahren solle.

Notgedrungen befolgte ich diese Aufforderung und fuhr ihm nach. Meine Frau, inzwischen wach geworden und sagte mir natürlich, was sie von meiner Fahrweise hielt.

In dem Polizeirevier kam das übliche Frage- und Antwortspiel. Ich entschuldigte mich für mein zu schnelles Fahren und teilte ihm so ganz beiläufig mit, dass auch ich jahrelang im Polizeidienst tätig gewesen war. Als der französische „Kollege" meine Beichte entgegengenommen hatte, ging er in ein Nebenzimmer und kam mit seinem Chef wieder zurück. Sie sprachen mit mir über dies und jenes, was man halt so unter „Kollegen" redet. Sie begleiteten mich respektvoll zu meinem Auto und zur Verwirrung meiner Frau grüßten sie sehr höflich zum Abschied. Ich hatte wieder einmal Glück, denn normalerweise wäre bei dieser Geschwindigkeitsüberschreitung der Führerschein weg, so blieb es bei einer Geldstrafe.

Anschließend fuhr ich, wie es sich gehört, die erlaubten 130 km/h. Das war wieder mein Glück, denn ich musste feststellen, dass an diesem Tag und auf dieser Fahrtroute wahnsinnig viele Radarkontrollen zu sehen waren.

Die Bauabnahme verlief dann wie üblich, außer ein paar Kleinigkeiten gab es keine Beanstandungen, es war soweit alles in Ordnung. Auf der Rückfahrt übernachteten wir in der Nähe von Moulins. Vor der Abfahrt am nächsten Morgen lief ich, wie üblich, um das Auto herum und schaute auch nach den Reifen, was ich immer mache, wenn ich unterwegs übernachte.

In der Nähe von Freiburg fuhr ich auf der Autobahn Richtung Karlsruhe mit einer ganz normalen Geschwindigkeit von etwa 125 km/h. Ich überholte zwei vor mir fahrende Autos, als es auf einmal einen lauten Knall gab und der hintere Reifen platzte. Der Reifen flog von der Felge und wir drehten uns im Kreise. Obwohl ich schon Schleuderkurse gemacht hatte, konnte ich dieses Auto nicht auf der Fahrbahn halten.

Bei allem Unglück hatte ich noch Glück, denn die Autobahn war zu diesem Zeitpunkt brechend voll. Das Fahrzeug, das ich im Begriff war zu überholen, machte eine Vollbremsung. So gelang es mir doch noch, das Auto nach rechts zu ziehen, denn es wäre eine Katastrophe geworden, wenn ich auf die Gegenfahrbahn gekommen wäre. Vielleicht wäre alles noch gut gegangen, wenn nicht plötzlich auf der rechten Seite das Hinweisschild „Polizei" aufgetaucht wäre. Dieses Schild, das ich mit der rechten Türe noch erwischte, gab mir nochmals einen Schwung, der mich quer über den Randstreifen in Richtung Wald schleuderte und nach zweimaligem Überschlag lagen wir im Graben. Schnell und geistesgegenwärtig kletterten wir aus dem Auto, denn beide hatten wir Angst vor einer Explosion und befürchteten, dass das Auto brennen könnte. Dank den Sicherheitsgurten war meiner Frau nichts passiert und ich hatte nur einen Schlüsselbeinbruch. Der Autofahrer, den ich überholt hatte, kam aus der Schweiz. Sein Auto war von dem Autobahnbelag, der durch unsere Autofelgen aufgeraut war, so zugerichtet, als wenn einer mit der Schrotflinte darauf geschossen hätte.

Das fast neue Auto von uns war ein Totalschaden. Wenn man die Bilder von dem Unfallauto anschaut, kann man nicht glauben, dass wir nur mit kleinen Blessuren davon gekommen sind. Das Auto wurde durch den Überschlag richtiggehend zerfetzt. Ein unabhängiger Reifensachverständiger teilte uns später mit, dass an dem Reifen, der auf der anderen Straßenseite gefunden wurde, kein Materialfehler festzustellen war.

Bis heute kann ich mir diesen Reifenplatzer nicht erklären, vielleicht hing es mit dem Missgeschick auf der Fahrt nach Bordeaux zusammen, als ich die „Zuckerhüte" übersehen hatte. Auf jeden Fall war wieder mein Schutzengel bei mir. Pech hatte ich nur mit der Erstattung der Kosten, doch das war meine Dummheit, denn wenige Tage vor dieser Unglücksreise hatte ich mich über die

Versicherung geärgert und meine Vollkaskoversicherung gekündigt und nur eine Teilkaskoversicherung abgeschlossen.

So kann es einem gehen, wenn man am falschen Fleck spart. Eine Lehre habe ich trotzdem aus dem Unfall gezogen: Entscheidungen sollte man nie fällen, wenn man ärgerlich ist, denn die sind dann garantiert falsch. Ein kühler Kopf kann abwägen, was gut oder schlecht ist. Lass dir bei Entscheidungen immer Zeit, denn Zeit ist oft Balsam und Friedensstifter. Es wäre immer gut, Fehler früh zu machen, damit man lange von ihnen lernen kann, doch leider geht das nicht. Das Leben hat andere Richtlinien, sonst wäre es zu einfach.

Auch diese Anekdote werde ich nie vergessen: Zu meinem 60. Geburtstag bekam ich von meinem Mitarbeiter ein Radarwarngerät geschenkt, da sich meine Strafzettel auf französischen Autobahnen häuften. Nicht bei jeder Fahrt, doch immer öfter.

Mit dem Radarwarngerät glaubte ich, ab sofort sicher zu sein. Doch glauben heißt nicht wissen. Bei meiner nächsten Reise nach Frankreich fuhr ich also wieder, wie meistens bei Nacht, über die französische Autobahn. In dieser Nacht hatte ich die Autobahn für mich ganz allein, kein Auto war zu sehen.

Das Gerät war hinter der Frontscheibe mit einem Magnet auf der Armaturenablage befestigt und mit einem Stromkabel an den Zigarettenanzünder angeschlossen. So sollte es normalerweise auch funktionieren. Da das Gerät verboten war, musste ich es an jeder Zahlstelle abbauen. Da ich bis Orleans schon viele Zahlstellen hinter mir hatte und die ganze Zeit keine Polizei zu sehen war, ließ ich dummerweise bei dieser Zahlstelle das Gerät auf dem Armaturenbrett. Als ich gerade die Mautgebühr bezahlte, erschien hinter der Zahlstelle ein Polizist, schaute auf die Frontscheibe und winkte mich höflich auf den Parkplatz.

Auf dem Weg zum Parkplatz baute ich sofort mein Gerät ab,

leider zu spät, denn mein Freund und Helfer hatte das Radar-warngerät gleich erkannt. In perfektem Deutsch fragte er mich, wo ich das Gerät versteckt hätte. Ich setzte mein unschuldigstes Gesicht auf, doch er lächelte nur und gab mir zu verstehen, dass ich ihm das Gerät zu geben hätte, ansonsten würde er mein Auto beschlagnahmen. Mir blieb also notgedrungen nichts weiter üb-rig, als ihm das Warngerät auszuhändigen. In seinem Büro klärte er mich dann darüber auf, dass Radarwarngeräte im Auto in Frankreich verboten seien, was mir ja bekannt war. Die Geldstrafe war nicht ohne. Auf seine Frage, warum ich nach Frankreich ge-kommen wäre, erzählte ich ihm von meiner Tätigkeit, von dem schönen Ferienparadies an der Atlantikküste und schwärmte von dem Weingebiet Medoc.

Er gab mir zu verstehen, dass er diese Region nicht kenne und ihm für einen Urlaub dort das Geld fehle, denn schließlich habe er Frau und drei Kinder zu versorgen. Ich bot ihm an, dass er sich bei mir melden solle, wenn er Lust verspüre, mit seinem Wohn-wagen dort Urlaub zu machen. Er war nicht abgeneigt und er-klärte, dass er gern auf mein Angebot zurückkommen wolle. Ich habe jedoch nie mehr etwas von ihm gehört. Das Geld für die Strafe habe ich im Büro hinterlassen, doch das Radarwarngerät habe ich ganz aus Versehen wieder mitgenommen. Wieder ein-mal bin ich mit einem blauen Auge davongekommen.

Wenn man sich aber den Nervenkitzel ersparen will, sollte man in Frankreich genau nach den Hinweisschildern fahren, denn die Nichteinhaltung des angegebenen Tempolimits kostet hier richtig Geld und der Führerschein ist auch schnell weg. Zur Verteidigung der französischen Polizei muss ich aber auch fest-halten, dass wir schon sehr lobenswerte Erfahrungen mit den Be-amten gemacht haben. Zum Beispiel waren sie außerordentlich hilfsbereit, als ein Kunde von uns sein Auto zu Schrott gefahren hat.

Sehr wichtig bei einem Unfall in Frankreich ist es, dass man angibt, Schmerzen zu haben, denn bei kleineren Blechschäden kommt die Polizei nur, wenn auch Personenschäden zu verzeichnen sind. Ein polizeiliches Protokoll ist hilfreich und sehr wichtig, denn die Schadensregulierung kann sonst sehr, sehr lange dauern. Ich musste einmal beinahe zwei Jahre darauf warten.

Es kann auch vorkommen, dass ein Wildschaden von der Polizei nicht weitergemeldet wird. Mein Sohn machte in Fontainebleau seinen Master. Wir waren spät nachts auf der Heimfahrt von der Abschlussfeier, als Martin mir erzählte, dass auf dieser Strecke infolge des regen Wildwechsels bald jede Nacht ein Tier angefahren werden würde. Ich glaube, er hatte den Satz noch nicht beendet, als es einen wahnsinnigen Schlag tat und mir ein großer Keiler ins Auto lief. Für die, die sich mit Tieren nicht so genau auskennen: Ein Keiler ist ein männliches Wildschwein. Ein rechtzeitiges Bremsen war unmöglich gewesen. Das Tier wurde von unserem Auto auf die rechte Straßenseite geschleudert. Gott sei Dank hatte ich ein schweres Auto.

Trotz dunkler Nacht und strömendem Regen hielten mehrere französische Autofahrer an, um mir zu helfen. Alle Achtung. Ein Autofahrer informierte mit seinem Handy die Polizei.

Der Keiler, dem der Aufprall wahrscheinlich das Rückgrat gebrochen hatte, hat sich von dem Straßengraben in den Wald gerobbt. Es war beängstigend und wir waren froh, als endlich die Polizei eintraf. Sie nahmen meine Personalien auf und gaben mir zu verstehen, dass wir jetzt weiterfahren könnten, sie würden sich um alles Weitere kümmern.

Wir fuhren ins Hotel und am nächsten Tag mit dem schwer beschädigten Wagen nach Deutschland. Ich meldete den Schaden meiner Versicherung. Diese forderte Tage später einen Polizeibericht an, in dem bestätigt wird, dass der Schaden durch ein Wildschwein verursacht worden war.

Ich richtete diese Bitte weiter an die Polizeistation in Fontainebleau, doch nach etwa zwei Wochen erhielt ich ein Schreiben, dass zu dem besagten Tag kein Wildunfall bei der Polizeistelle gemeldet worden sei. Das gab mir sehr zu denken. Was hatte die Polizei mit dem Wildschwein gemacht? Ich schickte diese polizeiliche Auskunft weiter an meine Versicherung. Bestimmt war der Sachbearbeiter der französischen Sprache nicht mächtig, denn die Schadensregulierung erfolgte anstandslos.

Nach über 30 Jahren Arbeit in Frankreich fallen mir immer wieder Erlebnisse ein. Eine ganz besondere muss ich noch loswerden: Nach einer Bauabnahme Ende September 1985 fuhr ich mit meinem Jeep in Richtung Immobilienbüro, denn ich wusste, dass meine Mitarbeiterin Lis auf mich wartete. Als ich am Büro ankam, bemerkte ich plötzlich, dass ich keine Luft mehr bekam. Ich drückte schnell auf die Hupe. Lis kam aus dem Büro und wunderte sich, dass ich den Dauerton drückte und vom Fahrersitz auf die Straße rutschte. Sie bemerkte schnell, dass mein Benehmen nicht normal war, sondern dass ich Probleme hatte und zog mich von der Straße weg. Normalerweise sind immer Menschen auf der Straße, doch zu diesem Zeitpunkt war keiner zu sehen.

Sie hatte schwer damit zu tun, mich ins Büro zu ziehen und auf die Couch zu legen! Dann rief sie den Notarzt. Sanitäter kamen kurz darauf mit Sirenengeheul angefahren. Nach kurzer Untersuchung gingen sie davon aus, dass ich einen Herzinfarkt hätte. Sie trugen mich in den Krankenwagen und wollten mir für einen besseren Halt des Elektroschockgerätes, eine Paste, eine Haftcreme, auf die Brust streichen, doch diese war leer. Dann versuchten sie es mit einem Sauerstoffgerät, doch Gott sei Dank hatte ich Glück und die Sauerstoffflasche war auch leer.

Inzwischen hatte ich mich so verkrampft, dass ich nicht mehr reden konnte und auch die Füße konnte ich nicht mehr bewegen. Unterwegs war ein Arzt zugestiegen und seine oberflächliche Untersuchung ergab, dass ich keinen Herzinfarkt hatte, sondern eine

Hypoventilation. Er gab mir eine Spritze und kurz danach löste sich langsam die Verkrampfung, ich konnte wieder sprechen und mich bewegen.

Ich hatte wieder Glück. Mein Schutzengel hat bestimmt dem Sanitäter die Haftcreme aus der Tube gedrückt und die Sauerstoffflasche entleert, denn diese Behandlung wäre für mich nicht gut gewesen.

Im Krankenhaus hatte ich einen sehr netten Zimmerkollegen, circa 85 Jahre alt. Er erzählte mir mindestens zwei Mal am Tage, wie schmerzvoll der Mann gestorben sei, der vorher in meinem Bett gelegen hätte. Nach drei Tagen habe ich mich selbst entlassen.

Mit Bekannten fuhr ich daraufhin nach Deutschland zurück. Ich schluckte ein paar Tage die mir verschriebenen Tabletten. Nach Aussage meines Hausarztes war ich überarbeitet und sollte mich einige Tage erholen. Doch an eine Pause war nicht zu denken, denn mein Terminkalender war voll. Zu jener Zeit glaubte ich nämlich noch, dass ich alles selber machen müsse – eine absolute Dummheit, wie mir heute bekannt ist.

Obwohl mir klar war, dass ein guter Unternehmer nur gut ist, wenn er delegieren kann, gab es doch Situationen, wo ich überzeugt war, dass nur ich sie erledigen konnte. Ab und zu stimmte dies auch. Aus obigem Vorfall habe ich gelernt, dass man bei wichtigen geschäftlichen Angelegenheiten doch eine Vertrauensperson einweihen sollte.

Im Jahre 2003 bekam ich von der Stadt Soulac ein Angebot, von dem jeder Unternehmer nur träumen kann. Mir wurde angeboten, ein Objekt von mehreren Millionen Euros in den Vertrieb mit aufzunehmen. Es handelte sich hierbei um den geplanten Yachthafen in Le Verdon. Dass die Wahl auf meine Firma fiel, hatte ich einzig und allein meiner Beziehung zu einem französischen Senator und dem Sohn von meinem verstorbenen Freund Hubert

Lacroix, zu verdanken. Beide kannte ich seit etwa 25 Jahren. Es erfüllte mich mit Stolz, dass mir als Deutscher dieses Objekt angeboten wurde. Früher hätte ich von solchen Aufträgen nicht mal geträumt.

Dieses Objekt Le Verdon war ein großer Anreiz für mich und von Juli bis Ende September war ich nur mit Besprechungen mit Investoren, Politikern und vielen Leuten, die nichts, aber auch gar nichts von einem Vertrieb oder einer Bebauung verstanden, beschäftigt und gewisse Personen, Entscheidungsträger mit weitreichenden Vollmachten mussten ihren Senf dazu geben, eben Leute, die Fische angeln wollen ohne Angel, jedoch spezialisiert sind, das Wasser zu trüben.

Das Risiko war für mich überschaubar und die richtigen Mitarbeiter hätte ich gehabt. Es wurden bereits Prospekte gedruckt, obwohl ausschlaggebende Entscheidungen noch gar nicht getroffen waren. Leider waren bei diesem großen Objekt Leute im Boot, kleine Napoleons, mit denen ich nie klar gekommen wäre. So beschäftigte ich mich auch bald mit dem Ausstieg aus dem Geschäft.

Die Vorarbeit, die ich für dieses Objekt geleistet habe, war natürlich für die Katz, wie man so schön sagt. Aber das war ich in meiner langjährigen Tätigkeit gewohnt.

Als ich ausstieg, gab es natürlich Ärger, doch Ärger ist wie Salz in der Suppe. Meine Gesundheit und meine Freizeit waren mir in diesem Augenblick wichtiger, zudem hatte ich ja auch schon das Rentenalter erreicht.

Mit der Zeit machten mir die Personalprobleme in Frankreich sehr zu schaffen. Die Teamarbeit in Euronat ließ sehr zu wünschen übrig und die Kommunikation auf die Entfernung war kaum zu überbrücken. Auch die Zusammenarbeit mit der Direktion von Euronat wurde immer problematischer. Früher wurden Probleme gemeinsam gelöst, jetzt wurde nur noch bestimmt. Es war Zeit für mich, loszulassen.

Ich war froh, als ich einen würdigen Nachfolger für meine Firma gefunden hatte. Ob er es einfacher hat als ich kann ich nicht sagen. Auf alle Fälle hat er mir gegenüber zwei große Vorteile: Er hat zum einen eine intakte Firma mit einem guten Ruf übernommen, die in der Touristikbranche bekannt ist, und muss nichts mehr aufbauen

Zum anderen ist er Franzose, kommt aus der Branche und war schon zwei Jahre vorher als Touristikleiter bei unserer Firma MS tätig. Er spricht außer Französisch und Englisch auch Deutsch. Seine Denkweise ist deutsch, da er in Deutschland aufgewachsen ist. Auch seine Lebensgefährtin hat schon jahrelang in meiner Firma gearbeitet.

Er hat alle Voraussetzungen dafür, die Firma gut zu führen und ein guter Chef zu sein. Auch wird er mit der jetzigen Direktion von Euronat besser klarkommen als ich, da er Franzose ist und es daher auch keine sprachlichen Missverständnisse mehr geben wird.

Seit dem Jahre 2008 bin ich ein freier Mann, das heißt ohne Firma, ohne Arbeit und ohne Verantwortung gegenüber Kunden und Mitarbeitern. Jetzt habe ich Zeit für meine Familie und Freunde, ich kann tun und lassen, was ich will. Doch was will ich eigentlich?

Konfuzius sagte einmal: „Wer ein Ziel hat, kann entscheiden, wer entscheidet, findet Ruhe, wer Ruhe hat, ist sicher, wer sicher ist, kann überlegen, wer überlegt, kann verbessern." Was ist mein Ziel jetzt?

Eigentlich habe ich in meinem bisherigen Leben erreicht, was ich wollte. Ich habe es geschafft, dass ich ganz sorgenlos mein Alter genießen kann. Dass ich dies gemeinsam mit meiner Familie kann, ist nicht selbstverständlich, denn ich habe ihr viel abverlangt, rückblickend muss ich eingestehen: oft zu viel. Ich nahm mir wenig Zeit für sie, immer waren die anderen wichtiger. Immer war ich darauf bedacht, dass das Geschäft läuft und dass meine Kunden zufrieden sind. Allen wollte ich es recht machen. Die Probleme meiner Kunden zu lösen, war mir immer sehr wichtig. Ich habe mich für sie „krumm" gelegt, denn ich wollte, dass meine Firma immer in gutem Lichte steht und meine Kunden mich weiterempfehlen.

Von meiner Familie, besonders meiner Frau, habe ich dafür einfach immer nur Verständnis erwartet.

Die vielen Höhen und Tiefen in meinem beruflichen Leben mitzumachen, war für sie nicht leicht. Die Entscheidungen, die wir treffen mussten, erforderten viele Auseinandersetzungen und viele schlaflose Nächte. Heute würde ich vieles anders machen.

Ruhe habe ich auch heute noch nicht gefunden. Es ist nicht einfach, loszulassen, wenn man vorher immer nur gefordert war, immer wieder vor neue Entscheidungen gestellt wurde, und jetzt auf einmal überhaupt nicht mehr gefragt ist.

Manchmal träume ich davon, es einem Bekannten aus der Schweiz nachzumachen. Der kaufte sich, als er in den Ruhestand ging, eine kleine Ferienanlage mit sieben Bungalows und einem Swimmingpool in Gran Canaria. Dieses kleine, überschaubare Kleinod bewirtschaftet er fünf Monate im Jahr mit seiner Frau und einer Hilfskraft und ist sehr glücklich dabei.

Dies wird jedoch für mich ein Traum bleiben, denn für solch eine Aufgabe kann ich meine Frau nicht mehr gewinnen. Und das ist auch gut so!

So verbringen wir gemeinsam viele Wochen in unserem Paradies Euronat und freuen uns, dass auch unser Sohn mit seiner Familie gern dort lebt und auch für sie Euronat der schönste Fleck auf Erden ist – unsere zweite Heimat.

Es tut gut, dort auch einstige Kunden zu treffen, die sich

freuen, mich zu sehen, und viele bedanken sich auch nachträglich noch für meine Mühe und meinen Einsatz. Besonders glücklich macht es mich, wenn Franzosen, mit denen ich vorher nichts zu tun hatte, mir bestätigen, dass Euronat ohne mich nicht das geworden wäre, was es heute ist, und mir dafür Danke sagen.

Ich hatte ein erfülltes Leben, ein Leben mit Regen- und Sonnentagen, manchmal war es auch sehr stürmisch.

Auch nach Enttäuschungen habe ich nie aufgegeben – nur wer aufgibt, hat verloren! Ich war immer zuversichtlich und glaubte an mich und mein Glück. Ich war immer fleißig und zielstrebig und hatte damit auch Erfolg. Doch mir ist bewusst: Ohne das Quäntchen Glück hätte ich nichts erreicht. Zum Glück zähle ich natürlich auch Gesundheit, Zufriedenheit, Partnerschaft, Familie und Freunde.

Heute, mit 83 Jahren, bin ich dankbar für mein Leben, wenn es auch nicht immer nach meinen Wünschen und Vorstellungen gelaufen ist.

Doch wie sagt die Sängerin Ina Deter: „Vergangenheit ist Geschichte, Zukunft ist ein Geheimnis und jeder Augenblick ist ein Geschenk."

Ich lebe jetzt den Augenblick und hoffe, dass die Zukunft meiner Familie und mir weiterhin viel Glück und Gesundheit bescheren wird.

Zeitfracht Medien GmbH
Ferdinand-Jühlke-Straße 7
99095 Erfurt, Deutschland
produktsicherheit@kolibri360.de